DREAMBOOKS

신화의 전장

dream
books
드림북스

신화의 전장 11

초판 1쇄 인쇄 2020년 7월 20일
초판 1쇄 발행 2020년 8월 7일

지은이 박정수
발행인 오영배
편집 편집부
일러스트 엑저
본문 디자인 오정인
제작 조하늬

펴낸곳 (주)삼양출판사 · 드림북스
주소 서울시 강북구 도봉로 173
대표 전화 02-980-2112 **팩스** 02-983-0660
편집부 전화 02-987-9393 **팩스** 02-980-2115
블로그 blog.naver.com/dreambookss
출판등록 1999년 3월 11일 제9-00046호

ⓒ 박정수, 2020

ISBN 979-11-283-9950-3 (04810) / 979-11-283-9403-4 (세트)

+ 지은이와 협의하에 인지는 생략합니다. 잘못된 책은 구입한 곳에서 바꾸어 드립니다.
+ 이 도서의 국립중앙도서관 출판시도서목록(CIP)은 서지정보유통지원시스템홈페이지(http://seoji.nl.go.kr)와
  국가자료종합목록 구축시스템(http://kolis-net.nl.go.kr)에서 이용하실 수 있습니다. (CIP제어번호 : CIP2020029150)

드림북스는 (주)삼양출판사의 판타지 · 무협 문학 브랜드입니다.

신화의 전장

11

MODERN FANTASY STORY & ADVENTURE

박정수 현대 판타지 장편소설

dream books
드림북스

목차

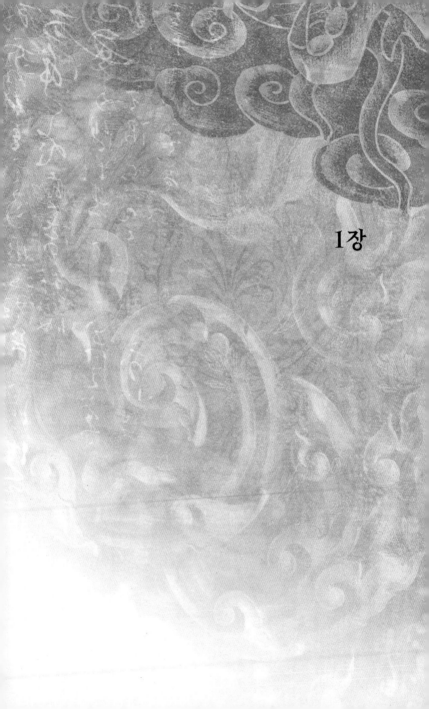

1장

"부르셨습니까?"

정복을 차려입은 안필현 총경, 제3광역수사대 대장은 경기남부지방경찰청 청장 민승기에게 거수경례를 올렸다.

"왔어?"

민승기 청장은 응접 소파로 걸어가 앉았다.

"앉아."

안필현 대장은 민승기 청장과 한 자리 떨어진 곳에 각을 잡고 앉았다.

"뭘 그렇게 멀리 떨어져."

그 말에 안필경 대장은 얼른 옆으로 자리를 옮겼다.

"새 건물은 어때? 지낼 만한가?"

"생각 이상으로 좋아 깜짝 놀랐습니다."

말만이 아니었다.

엉성해 보이는 외관과 달리 내부는 최고급에 최첨단을 달리고 있었다.

"대원들은 만나봤고?"

"아직 못 만나봤습니다."

"그래?"

"그런데 말입니다."

"응? 말해."

"대원들의 인적 사항이……."

"알려고 하지 마."

서글서글하던 표정이 금세 딱딱하게 바뀌었다.

"네?"

"기밀이야. 그러니까 그냥 표면적으로 드러나는 것만 알아둬. 명심해, 공연히 파지 말고. 내 말 무슨 말인지 알지?"

"……예."

힘 빠진 대답에 민승기 총장이 눈에 힘을 주자.

"알았습니다."

안필현 대장은 딱 부러진 목소리로 한 번 더 대답했다.

"안 대장."

"예, 총장님."

"그리고 필요한 경비 이런 건 바로 직통으로 올려."

"……직통으로 말입니까?"

"눈치 본다고 쓸데없이 월급 축내지 말고, 사소한 거라도 있는 그대로 다 올려. 전결 처리해 줄 테니까."

안필현 대장은 곧바로 대답하지 못했다.

공무원 사회에서 모든 비용처리를 해준다면, 누가 자기 돈 써가며 일을 하겠는가.

저 말이 듣기 좋으라고 하는 말인가 싶다가도 민승기 총장의 표정을 보니 그냥 허투루 하는 말 같지도 않았다. 그렇다고 곧이곧대로 믿기에는 안필현 대장 역시 공직 물을 너무 많이 먹었다.

"허투루 듣지 말고, 속는 셈 치고 올려. 알았나?"

"아, 알겠습니다."

안필현 대장은 아니라고 할 수 없으니 일단 알았다고 대답했다.

"내 힘껏 도와줄 터이니……."

민승기 청장의 눈빛이나 목소리가 은근하게 바뀌었다.

"……?"

"나중에 높은 자리에 올라가더라도 나를 잊으면 안 되네."

민승기 청장은 씨익 웃으며 손을 뻗어 안필현 대장의 손등을 두어 번 토닥였다.

"……네?"

어떻게 보면 노골적인 말이라 영문을 알 수 없는 안필현 대장은 저도 모르게 반문했다.

이내 입을 닫은 안필현 대장의 머릿속이 팽팽 돌아가기 시작했다.

광역수사대 대장이 되었는데도 대원들 명단이며, 뭐며 딱히 이거다 알 수 있는 게 없었다.

완벽히 베일에 가려진 조직.

하지만 뭔가가 있었다.

똑똑.

그때 노크 소리가 들려왔다.

"들어와."

얼른 상념에서 깨어날 때쯤 민승기 청장의 목소리가 들렸다.

끼익— 문이 열리고 평상복 차림의 박현이 안으로 들어왔다.

"부르셨……."

박현이 거수경례를 하는데 민승기 청장은 재빠르게 자리에서 일어나 달려 나갔다.

"무슨 경례를 하고 그러십니까."

민승기 청장은 눈썹으로 향해 있는 박현의 손을 끌어내렸다.

"자자, 앉으시지요."

박현은 손을 내리며 안필현 대장과 눈이 마주쳤다.

"사수, 아니 대장도 있었네요."

"……어."

이상한 둘의 모습에 어리둥절해 있던 안필현 대장은 엉겁결에 인사를 받았다.

"차 좋아하십니까?"

박현은 민승기 청장을 빤히 쳐다보았다.

"좋은 작설차가 있는데, 나쁘지 않을 겁니다."

민승기 청장은 둥글둥글하게 미소를 지으며 인터폰으로 차를 내오라 시켰다.

잠시 후, 부속실 소속 여경 하나가 차를 가져왔다.

"제법 귀가 밝은 모양이군."

"밝지는 않지만, 자리가 이 자리인지라……, 허허, 허허허."

민승기 청장은 넉살 좋게 웃었다.

"그렇다 해도 보는 눈도 있고 하니 너무 티 내지는 말고."

"아무렴요."

"그럼 앞으로 잘 부탁하지."

박현은 찻잔을 입으로 가져갔다.

*   *   *

오성식 과장. 아니 이제 10팀장으로 승진한 오성식 부장
은 투명한 아크릴로 만들어진 명패를 손을 쓰다듬었다.

"이게 뭐라고."

오성식 부장은 명패를 손바닥으로 툭 내려친 후 푹신한
의자에 앉았다.

"그래도 의자는 좋네."

오성식 부장은 피식 웃으며 어제를 떠올렸다.

"자네가 오 과장인가?"

"옙."

국정원장은 오성식 과장의 얼굴을 빤히 쳐다보았다. 그
시선에 오성식 과장은 긴장감을 애써 감추며 부동자세를
풀지 않았다.

"이면 파트 밑에 10팀이 새로 만들어질 거야."

"……?"

"자네가 맡아서 팀을 만들도록 해."

"네? 실례했습니다!"

오성식 과장은 저도 모르게 반문했다가 얼른 입을 닫았다.

"궁금한 거 있으면 물어봐."

"어디를 담당하게 되는 건지 여쭤도 되겠습니까?"

"봉황이 죽은 건 알고 있지?"

"대충 들어 알고 있습니다."

모를 리 없었다.

봉황이 죽자 봉황회를 담당하는 9팀이 우왕좌왕하니, 아무리 교류가 거의 없다시피 해도 함께 이면을 담당하는 판에 모르려야 모를 수가 없었다.

"봉황궁은 용궁으로 바뀌었고, 9팀은 앞으로 용궁을 담당하게 될 거야."

동해의 용왕, 문무가 세상으로 나왔다.

그것도 얼핏 들어 알고 있었다.

"그런데."

국정원장이 말을 잠시 잘랐다.

오성식 과장은 이제 본론으로 들어간다는 것을 느낀 듯 조용히 마른침을 삼켰다.

"봉황을 죽인 용이 용궁의 주인이 된 용왕 문무가 아니야."

"네?"

"이게 좋은 일인지 나쁜 일인지 모르겠지만, 이 땅에 두 마리의 용이 등장했어."

"……!"

오성식 과장도 너무 놀라 말문을 잇지 못하고 그저 눈을 껌뻑였다.

"봉황을 죽인 용, 그 용이 자네를 잘 안다고 하더군."

"제가 잘 아는……."

오성식 과장은 말을 하다 말고 한 인물을 떠올렸다.

박현.

허나 그는 백호였다.

문제는 자신이 아는 신은, 정확히 교류를 하는 신은 오직 그뿐이었다.

"그가 콕 찝어서 자네를 지목했어."

오성식 과장의 고민과는 상관없이 국정원장의 말은 계속 이어졌다.

"……."

"그러니까 자네가 팀을 꾸려서 보고서 올려."

"허나 제가 어찌……."

"필요한 인물을 추려서 보고서만 올려. 처리해줄 테니까."

했던 말을 또다시 하게 만들어서인지 국정원장의 목소리

에 짜증이 슬쩍 묻어나왔다.

"알겠습니다."

"그리고 직급에 맞춰 승진도 이뤄지니까 미리 알아두고. 또 궁금한 거 있나?"

사실 궁금한 것이 많았지만.

"없습니다."

"그럼 나가 봐."

오성식 과장은 국정원장실을 나오자마자 곧바로 전화기를 꺼내 박현에게 전화를 걸었었다.

《생각보다 전화가 빠릅니다.》

《윗선하고 이야기 끝내놨으니까 하고 싶은 대로 해도 됩니다.》

《그리고 전원책 부장인가? 맞나요? 마음에 안 든다는 새끼. 겸사겸사 한 번 들이박고 독립하세요.》

《아—, 그리고 승진 축하합니다.》

박현과의 통화 몇 마디를 떠올리며 오성식 부장은 회상에서 현실로 돌아왔다.

그는 시선을 들어 깨끗한 유리창 너머, 이제는 자신의 팀 사무실을 쳐다보았다.

새롭게 자리를 튼 터라 요원들이 바쁘게 오가며 자리들을 정리하고 있었다.

좀 어수선해 보였다.

피식 웃음이 흘러나왔다.

아무리 어수선해도 자신이 몸담고 있던 8팀만 할까.

그도 그럴 것이 자신을 따르는 역발과의 대원들과 평소 눈여겨봤던 똘똘한 녀석들을 모조리 데리고 와서 독립했으니 안 봐도 상황이 선하게 그려졌다.

하기야 상사였던 전원책 부장이 얼굴이 벌게져 고래고래 고함을 지르고 윽박을 지를 정도였다.

그때 오성식 부장이 박현을 믿고 대차게 들이 박아버린 것은 덤이었고, 그때 당황해 어버버하던 전원책의 얼굴이 떠오르자 웃음이 다시 흘러나온 것은 당연지사였다.

'일단 믿고 들이박기는 했는데.'

워낙 전원책 부장의 발도 넓고, 윗선에 아부를 잘 하는지라 은근히 신경이 쓰였다.

'그렇다면.'

오성식 부장은 자리에서 일어나 밖으로 나갔다.

"야, 이혜연."

"예, 과자……"

"쓉!"

오성식 부장이 눈을 부라리자 이혜연 요원은 얼른 말을 바꿨다.

"부장님! 하늘 같은 부장님!"

"짜식. 정리는 다 했어?"

오성식 부장은 이혜연 자리를 슬쩍 쳐다보았다.

"대충 하기는 했습니다."

"그럼 나랑 어디 좀 가자."

"어디로."

"따라오라면 따라오지, 하여튼 말은 많아요."

오성식 부장이 사무실을 나가자 이혜연 요원은 얼른 따라붙었다.

"어디 가는데요?"

"우리 팀을 만들게 한 신(神)."

"네?"

"인사는 해둬야지. 앞으로 우리가 서포터할 분이니까."

"서포터요? ……견제가 아니고요?"

"서포터 맞아."

오성식 부장은 씨익 웃으며 차에 올라탔다.

그 말에 잠시 눈을 깜빡이던 이혜연은 초롱초롱한 눈을 띠며 오성식 부장을 따라 얼른 차에 올라탔다.

          *   *   *

　"야, 박현."

　청장실을 나가자마자 안필현 대장은 박현을 한적한 곳으로 끌고 갔다.

　"뭐가 어떻게 된 거야? 청장님은 또……."

　안필현 대장은 말을 막 내뱉다가 혹시나 듣는 귀가 있을까 얼른 말꼬리를 잘랐다.

　"사수는 오랜만에 봤는데 안 반가운가 봐요."

　박현이 씨익 웃자 안필현 총장은 순간 헛웃음이 툭 튀어나왔다.

　"새끼. 많이 컸다."

　박현의 농에 마음이 차분히 가라앉은 듯 안필현 대장은 담배를 꺼내 하나 입에 물었다.

　"하나 주랴?"

　"그럼 혼자 피실 생각이셨습니까?"

　안필현 대장은 피식 웃으며 담뱃갑을 내밀었고, 박현은 담뱃갑 위로 툭 튀어나온 담배 하나를 입으로 가져가 물었다. 누가 보면 경우가 없는 모습이었지만, 둘만의 친분을 보여주는 행동이기도 하였다.

　안필현 대장은 박현에게 불을 붙여준 뒤, 자신의 담배에도 불을 붙였다.

"후우—."

한 모금 깊게 마신 후 다시 입을 열었다.

"뭐가 어떻게 된 거야? 어디 하나라도 이해가 되는 부분이 없어. 이해가 되는 부분이."

안필현 대장은 얼굴에서 장난기를 쫙 빼고는 박현을 쳐다보았다.

"사수."

"그래, 듣고 있다."

"웰컴 투 언더월드입니다."

박현은 담배 연기를 내뿜으며 씨익 웃음을 지어 보였다.

* * *

"……어, 언더. 뭐 인마?"

안필현 대장은 박현을 보며 미간을 찌푸렸다.

"보자."

박현은 손목을 들어 시계를 보았다.

"지금이면 다들 왔겠네. 대원들과 인사해야죠."

박현은 안필현의 어깨에 손을 얹었다.

"야, 야! 이거 손 안 내려? 인마, 내가 너 사수야. 확 씨."

"에이. 그게 언젠데."

박현은 어깨에 두른 팔에 힘을 줘 안필현을 제2별관으로 향하게 했다.

"어디 가서 꼰대 소리는 안 들어요?"

"뭐 인마?"

"일단 갑시다, 사수."

"놔라! 어? 어? 야, 너 뭐가 이렇게 힘이 세? 으헛!"

안필현은 박현의 손에 끌려 새롭게 만들어진 가건물, 제2별관 안으로 끌려들어 갔다.

"으메! 으메! 요게 형사증이어야."

서기원은 의자에 앉아 뱅글뱅글 돌며 형사 신분증을 이래 보고 저래 보고 있었다.

"야! 정신 사납게. 그냥 얌전히 앉아 있으면 안 되냐? 어?"

옆자리에 앉아 있던 조완희가 서기원의 의자를 발로 찼다.

"으어~. 의자가 미끄러져야! 나~ 미끄러져야!"

조완희에 의해 의자가 미끄러지는 것도 잠시, 서기원은 아예 의자를 발로 쭉쭉 밀어 썰매놀이를 하고 있었다.

"휴우―."

그 모습에 조완희는 고개를 절레절레 저었다.

"풋."

그 앞에 앉아 있던 이선화가 나직이 웃음을 삼켰다.

"왜 웃어?"

"그냥 두 분이 티격태격하는 게 꼭 초등……, 아니, ……
보기 좋아서요."

"에효~. 하튼 박현, 이 새끼는 쓸데없는 일을 만들고."

조완희는 파티션 위에 올려진 자신의 명패를 손으로 툭
치며 몸을 뒤로 젖혔다.

"으메! 으메! 의자가 안 멈춰……."

툭!

의자가 멈추자 서기원은 고개를 뒤로 돌렸다.

"왔어야?"

박현이 의자등받이를 잡고 있었다.

"야. 너는 아무런 말도 없이 덜렁 경…… 찰을……."

조완희도 자리에서 일어나 말을 하다 박현 뒤에 서 있는
안필현을 보자 슬그머니 입을 닫았다.

"인사들 해. 우리 대장."

"대장이야?"

"어. 광수대 대장. 안필현 총경."

서기원은 안필현을 올려다보았다.

그와 눈이 마주치자 서기원은 몇 번 눈을 껌뻑이더니 후
다닥 자리에서 벌떡 일어났다.

"추웅— 스어엉!"

그러더니 우렁차게 거수경례를 하였다.

"에—, 그니까—, 음— 서기원이기는 한데, 계급이—
어쨌든 거시이야. 발령을 받았는데야."

턱을 들고 가슴을 내밀며 허리를 곧추세운, 부동자세로
서 있던 서기원의 경례는 두서없이 우왕좌왕하는 말과 함
께 조금씩 무너졌다.

"하아—."

그 모습을 지켜보던 조완희가 자리에서 일어나 서기원의
귀를 잡았다. 그러고는 미안하다는 듯 안필현에게 고개를
살짝 숙인 후 잡아당겼다.

"아얏! 아, 아파야!"

서기원은 깨금발을 디디며 조완희에게 끌려 자리로 돌아
갔다.

"……뭐냐?"

안필현은 지금 이 사무실이 자신이 아는 그 광수대 사무
실이 맞나 싶어 박현을 쳐다보며 물었다.

"소개할게요."

짝짝!

박현은 손바닥을 부딪쳐 이목을 집중시켰다.

"여기는 앞서 말했다시피 광수대 대장."

박현의 소개에 안필현은 어색한 표정으로 손을 슬쩍 들었다.

　"그리고 저기 저 친구는 조완희. 특기는 부적술."

　"부적술?"

　"저 친구가 저렇게 보여도 무당입니다. 박수무당."

　"무당?"

　안필현 총경은 황당한 표정을 지으며 박현을 쳐다보았다.

　"완희 짝지로 이선화."

　"안녕하세요."

　이선화가 다소곳하게 고개를 숙였다.

　"특기는……, 이걸 뭐라고 해야 하나? 전매귀인데 너 귀신을 팔고 사지는 않잖아."

　"네."

　이선화는 얼굴을 살짝 붉히며 대답했다.

　"어쨌든 귀신을 잘 부리구요."

　"귀이신?"

　얼마나 황당한지 안필현의 목소리는 길게 늘어졌다.

　"무당에 귀신, 왜, 저 이상한 놈은 도깨비라고 그러지. 어?"

　더는 못 참겠다는 듯 안필현은 목소리를 높이며 서기원을 가리켰다.

"으메!"

서기원은 화들짝 놀라며 뒷걸음쳤다.

"혀, 현아. 나 표 나야?"

그리고는 조완희를 쳐다보며 다시 물었다.

"많이 나야?"

다시 반대로 돌려 이선화를 쳐다보며 심각하게 물었다.

"그래야?"

"으이구. 이 화상아, 분위기 파악 좀 해라!"

조완희는 붉으락푸르락 변해가는 안필현의 얼굴을 일견
하며 서기원의 엉덩이를 발로 찼다.

"박현!"

결국 안필현은 처음으로 박현에게 화를 냈다.

"너 이 새끼야! 내가 아무리 너를 좋게 본다고 하지만,
여기는 경찰서야! 너는 형사고! 이 새끼, 오냐오냐해 줬더
니, 너 죽고 싶어? 어?"

안필현은 얼굴이 벌겋게 달아오를 정도로 거칠게 말을
내뱉었다.

박현은 어색한 웃음을 지으며 조완희와 서기원, 이선화
를 쳐다보았다.

"아직 모르는 거지?"

반대쪽에 있던 비형랑이 물었다.

"아직은."

"그냥 제가 최면술로……."

팔미호 미랑.

"호호, 호호. 농담이에요. 농담."

그 말에 박현이 눈을 부라리자 미랑은 마구 손을 휘저으며 시선을 슬그머니 피했다.

"이럴 땐 심플 이즈 베스트."

최길성.

"이보쇼."

"누구?"

"아! 아니지. 어―, 이거 참. 나이 먹고 갑자기 조직 생활하려니 힘들군."

최길성은 어색한 듯 머리를 몇 번 긁다가 안필현을 다시 쳐다보았다.

"너 누구냐고 지금 묻고 있잖……."

"나, 금돼지 일족의 최길성."

"금…… 뭐?"

"쿠허어어!"

최길성은 곧장 진체를 드러내며 나직하게 울음을 터트렸다. 조금 전 안필현의 말에 기분이 나빴던 모양인지 살기를 아주 살짝 섞은 것은 덤이었다.

"헉!"

갑자기 눈앞에 2m에 가까운 금빛 돼지가 '쿠르르' 울음을 삼키자 안필현은 헛바람을 들이마시며 두어 걸음 뒷걸음치다 살기에 다리가 풀려버렸다.

"사수?"

박현은 재빨리 안필현을 부축했다.

"누구 의자 좀."

스르르륵—

박현의 말에 의자가 쭈욱 미끄러져 왔다.

"고맙소."

안필현은 박현에게 의지해 앉으며 의자를 가져다준 이를 쳐다보며 감사의 말을 전했다.

『천만의 말씀, 이히히히히.』

반투명한 귀신이 씨익 웃어 보인 후 벽으로 사라졌다.

"딸꾹!"

안필현의 얼굴이 새하얗게 질렸다.

"누가 물 좀."

박현이 안필현의 등에 기운을 밀어 넣어 놀란 마음을 가라앉히며 물었다.

"여기 있어요."

"고맙……."

목소리에 반응해 고개를 돌렸던 안필현은 눈을 어지럽히는 풍성한 꼬리에 고개를 잠시 갸웃거렸다.

팔랑거리는 여덟 개의 꼬리를 눈을 따라가니 웬 아름다운 여인의 엉덩이가 보였다.

"안녕."

미랑은 사람을 홀리는 웃음을 지으며 꼬리로 안필현의 얼굴을 쓰다듬었다.

"컥!"

하지만 그녀의 의도와 달리 안필현은 목이 뒤로 꺾이며 그대로 정신을 놓아버리고 말았다.

*　　　*　　　*

"그러니까, 네 말은 일반인이 모르는 또 다른 이들이 살아가는 곳이 있단 말이지?"

박현이 고개를 끄덕이자 안필현은 손으로 마른세수를 했다.

"내가 지금 꿈에서 허우적거리는 것도 아니고."

박현은 고개를 저었다.

"기절한 것도 사실이고."

"예."

"기절하기 전에 본 것도 거짓이 아니고."

"착각도, 망상도 아닙니다."

"다행이군. 순간 내가 미쳤나 싶었는데. 아—, 고마……, 으헉!"

물잔을 건네받던 안필현은 눈앞에 인자한 표정을 짓고 있는 귀신, 이선화의 어머니의 반투명한 모습에 깜짝 놀라 소리를 반쯤 내뱉다 겨우 삼켰다.

『내 놀라게 하려 한 건 아닌데, 미안해요.』

"아……."

귀신의 사과에 안필현이 뭐라고 대답해야 할지 몰라 어버버할 때였다.

"엄마! 죄, 죄송합니다."

이선화는 어머니 귀신을 뒤로 잡아당기며 안필현에게 허리 숙여 사과했다.

"하하, 하하. 나 진짜 미친 거 아니지?"

안필현은 헛웃음을 터트리며 박현을 쳐다보았다.

"이러다 땅에서 누군가가 툭 튀어나오겠다."

"어……."

안필현이 밑으로 떨군 잔을 받아든다고 바닥에서 반쯤 모습을 드러낸 암적이 순간 굳어버렸다.

"아우 씨발!"

안필현은 암적을 보자 순간 놀라 그만 욕을 내뱉고 말았다. 그래도 몇 번 당했다고 조금 전과 달리 정신을 놓치지 않았다.

"여기는 우리 기동대 대장, 암적."

"잠깐! 잠깐!"

안필현은 손을 뻗어 시간을 잠시 벌었다.

"흐읍―, 하아―. 흐읍―, 하아."

이내 몇 차례 크게 숨을 내쉬었다.

"좋아!"

안필현은 손으로 뺨을 두어 번 두들긴 후 암적을 향해 손을 내밀었다.

"이번에 광수대를 맡은 안필현이오."

"암적이라 하오. 어둑시니요."

암적이 무안한 듯 헛기침을 내뱉으며 손을 내밀었다.

"반갑소."

손을 맞잡아 인사했다.

"그런데, 아직까지 영 적응이 안 돼서 그런데, 거…… 밖으로 나오면 안 되겠소?"

안필현은 반쯤 묻힌 바닥을 보며 미간을 찌푸렸다.

"이런."

암적은 자신이 모습을 드러내다 만 것을 깨닫고는 훌쩍

뛰어 몸을 온전히 드러냈다.

"이제 정신이 좀 돌아옵니까?"

박현.

"……뭐 어찌어찌."

"그럼 대원들과 인사하시죠."

"그 전에 내가 더 놀랄 게 남아 있나?"

"글쎄요. 이제 없을 거 같기는 하네요."

"후우—, 좋아! 인사시켜 줘."

박현의 말에 안필현은 크게 한숨을 들이마신 후 결연한 표정을 지으며 고개를 끄덕였다.

"다들 들어와."

그렇게 안필현은 다시 조완희를 시작으로 서기원, 이선화, 비형랑, 최길성, 미랑, 그리고 기동대를 맡은 어둑시니들과 인사를 나눴다.

"한 명 더 있는데 일이 있어 내일부터 출근할 겁니다."

"누, 누군데?"

안필현은 지레 겁을 먹은 듯 물었다.

"한설린이라고 한성그룹 막내. 그 녀석은 인간이니까 미리 겁먹을 필요 없습니다."

"누가 겁을 먹었다고 그래?"

안필현의 허세에 박현은 속으로 피식 웃음을 삼켰다.

"그건 그렇고."

"예."

"다 그렇다 치고."

안필현이 박현을 빤히 쳐다보며 물었다.

"뭐가 하고 싶어서 이런 팀을 꾸린 거야?"

"그래, 나도 궁금해야. 귀신 씻나락 까먹는 것도 아니고, 나가 지금 경찰이 되었어야."

서기원.

"저두요."

이선화를 이어 여기저기서 궁금해하는 목소리가 들렸다.

"뭐 일단."

박현은 안필현과 팀원들을 쳐다보며 씨익 웃었다.

"장기미제사건 좀 풀어보려고."

"장기미제사건?"

언제 그랬냐는 듯 안필현 총경의 눈빛이 반짝였다.

"왠지 장기미제사건의 상당수가 신들과 관련되어 있을 것 같은 느낌이 팍 오더라구요. 어때요, 재밌겠죠?"

박현이 씨익 웃었다.

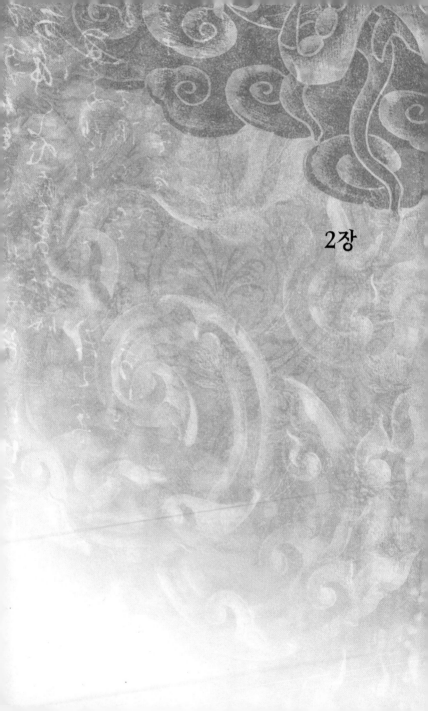

2장

"장기미제사건이라."

언제 어벙벙했냐는 듯 안필현은 금세 경찰의 모습으로 돌아와 팔짱을 끼며 고민에 잠기는 모습이었다.

"사수."

"말해. 귀는 열려 있으니까."

"사수가 처음 제게 알려줬죠."

"……?"

"범인은 반드시 흔적을 남긴다."

"그래서?"

"십 년, 이십 년. 당시 과학 기술이 부족했다고 쳐도 이상한 사건들이 많죠. 지문도 없고, 혈흔도 없고⋯⋯."

"그래서 한번 파보겠다?"

안필현은 다리를 꼬며 박현을 쳐다보았다.

"고작, 아니지. 고작은 아니지만, 장기미제사건에 매달리자고 이 팀을 만든 거 아니겠지?"

"겸사겸사 악귀들이 벌이는 범죄도 처리하려고요."

"악귀들의 범죄라."

안필현은 머리를 긁적였다.

"영 적응이 안 되는군."

"⋯⋯저기."

그때 이선화가 조용히 손을 들었다.

"무슨 일인데?"

"손님이 찾아오셨는데요."

이선화 옆에 예닐곱 살은 될 법한 아기 귀신이 동동 떠 있었다.

아기 귀신을 보자 안필현은 잠시 움찔거렸다.

"손님?"

"찾아올 분 있으세요?"

"너는?"

안필현은 아기 귀신에게서 쉽사리 눈을 떼지 못한 채 물었다.

"좀 자세히 보고 와. 얼른."

이선화가 나직하게 속삭이자 아기 귀신은 쪼르르 벽을 통과해 사라지더니 금세 다가와서 속삭였다.

"검은 양복을 입은 남녀라는데요."

"그리고?"

박현의 반문에 이선화가 귀신을 쳐다보자 다시 벽으로 사라졌다.

"나 적응할 수 있겠지?"

안필현은 어색한 웃음을 지으며 농담으로 무안함을 지우려 했다.

"모습을 보이지 말라고 할까요?"

안필현의 말에 이선화가 자그만 목소리로 말했다.

"괜찮아요. 적응해야죠."

그러는 사이 귀신이 다시 다가와 속삭였다.

"국정원 직원이라고 하네요. 품에서 국정원 소속 신분증을 살짝 봤다네요."

"국정원이라. 왠지 내 손님 같군."

박현이 자리에서 일어났다.

"문 열어줄게요."

잠시 후, 아기 귀신이 총총걸음으로 두 국정원 직원을 안으로 데리고 들어왔다.

"아이구."

국정원 직원, 오성식 부장은 박현을 보자 냉큼 달려와 손을 건넸다.

"격조했습니다."

"얼굴 좋아 보입니다."

"박현 님 덕분이죠."

오성식 부장과 짧게 인사를 나눴다.

"여기는……."

"이혜연이라고 합니다."

이혜연은 마치 연예인을 바라보는 아이처럼, 반짝거리는 눈으로 박현을 쳐다보며 인사했다.

"박현입니다."

"일단 인사 나누시죠. 여기는 우리 광수대를 맡고 계시는 안필현 총경님."

"아! 사수이셨던?"

오성식 부장은 씨익 웃으며 손을 내밀었다.

"국정원에서 10팀을 맡고 있는 오성식이라고 합니다."

"안필현이라 합니다."

안필현은 고개를 갸웃거리며 악수를 나눴다.

"왜 그러시는지?"

"제가 사실 국정원에 대해서 잘 알지는 못하지만 10팀이 있다는 이야기는 못 들어봐서 그렇습니다."

그 말에 오성식 부장은 고개를 슬쩍 주억거렸다.

"이제 아시게 되겠지만, 국정원에는 이면을 대비하는 3개의 팀이 있습니다."

"8팀은 용왕을, 9팀은 검계를, 그리고 10팀은 박현 님을 맡고 있습니다."

"하하, 죄송합니다. 아직은……."

"흠."

오성식 부장은 짧게 침음하더니 손으로 이혜연을 불렀다.

"앞으로 손발 맞출 분이니까, 네가 빠르게 속성으로 기본적인 거 알려드려."

"제가요?"

이혜연은 살짝 귀찮음을 내비쳤지만, 오성식 부장이 눈을 부라리자 금세 꼬리를 말았다.

"예압."

안필현과 이혜연이 사무실 구석으로 움직였고, 오성식 부장은 본격적으로 이야기를 나누기 시작했다.

"장기미제사건이요?"

오성식 부장은 의외라는 듯 박현을 쳐다보았다.

"왜 그렇게 보시죠?"

"솔직히."

"솔직히?"

"위치도 위치고, 신분도 신분인지라 좀 더 편하게 지내실 줄 알았습니다."

박현의 시선에 오성식 부장은 어깨를 슬쩍 들어 보였다.

"이유가 있겠지만, 굳이 설명해주지 않으셔도 됩니다."

오성식 부장은 씨익 웃으며 말을 이어갔다.

"장기미제사건이라."

박현은 묘한 그의 눈빛을 알아차렸다.

"아마 열에 일곱 여덟은 이면과 관련되어 있을 겁니다."

"잘 아시는 모양이군요."

"솔직히 해결은 되었지만 국정원에서 장기미제로 만든 사건도 제법 됩니다."

박현은 고개를 끄덕였다.

"신들도 많지만, 검계 쪽 사건도 제법 됩니다."

"검계라."

하긴 이면에 검계가 빠질 수 없는 법.

"그런데, 박현 님."

오성식 부장이 뭔가 생각을 하는가 싶더니 조심스럽게 입을 열었다.

"말씀하세요."

"단순히 유희로 하시는 건 아니시겠죠?"

진지함이 가득한 표정과 목소리에 박현은 고개를 끄덕였다.

"말씀해 보세요."

"사실 악귀들이나, 신들, 검계의 무인들의 사건 사고도 문제지만."

"……?"

"적(籍)이 없는 이면의 존재들이 더 큰 문제입니다."

"적이 없다?"

"엄밀히 말하자면 적이 있는 이들도 있고, 없는 이들도 있습니다."

"좀 더 자세히."

"우리는 지금 글로벌 시대에 살고 있죠."

그 말에 박현이 고개를 끄덕였다.

"근데 그게 이면에서도 매한가지입니다."

"흠."

"사실 장기미제사건 중 인간 사회에서 표면적으로 미제로 남아 있지만 자체적으로 해결된 일도 제법 많습니다. 아무리 인간 사회의 규칙이 통용되지 않는 이면이라고 하여도, 이면 역시 이면 나름의 규칙이 있으니까요."

"거기에 국정원이 적절하게 움직이면, 가릴 것은 가리고 해결할 건 해결하고."

"아무래도 국정원은……, 인간의 편이니까요."

오성식 부장은 박현의 눈치를 슬쩍 살피며 말했다.

"괜찮습니다. 이해합니다. 계속해 보세요."

"제가 느끼는 진짜 문제는 적이 없는 이들과, 타국에서 건너온 이들입니다. 적이 없는 이들은 어차피 미래가 없다 여겨 이판사판이고, 타국에서 건너온 이들은 어차피 자신들의 땅이 아니라 어떻게 되든 그다지 상관하지 않습니다. 그렇다 보니 그들의 범죄는 잔혹하면서도 정도라는 게 없습니다."

"이면이나 인간 세상이나 도긴개긴이네요."

박현은 피식 웃음을 삼켰다.

"오 부장이 따로 말을 하는 거 보면 생각보다 심각한 모양이네요."

"가끔 큰 사건이 터지기는 하는데, 앞으로가 걱정입니다."

박현이 고개를 갸웃거렸다.

"힘의 공백."

조완희.

"힘의 공백?"

그 말에 박현이 반문했다.

그리고 오성식 부장이 다시 말을 이어받았다.

"봉황회가 사라지고, 용회가 만들어졌지만 아직 온전하게 자리를 잡은 건 아닙니다."

아무래도 새로운 조직이 들어서면 누구든 적응하는 데 시간이 필요한 법이었다.

"제 생각에 짧게는 반년, 길면 일 년 정도. 용왕이 완벽하게 자리를 잡기 전까지는 미세한 공백은 있을 수밖에 없고, 그로 인해 크고 작은 사건들이 일어날 겁니다."

"흠."

박현이 조완희를 쳐다보자 그는 어깨를 으쓱했다.

"사실, 군과 경에서 이와 같은 사건에 대비해서 조직을 만든 적이 있습니다."

금시초문.

"군은 진작에 없어졌고, 경찰은 아직 조직은 남아 있는 걸로 알고 있습니다. 뭐, 허울뿐인 한직이지만 말이죠. 솔직히 그냥 없다고 봐도 됩니다."

"그런 조직이 있었어요?"

박현은 그 사이 이야기를 마치고 돌아오는 안필현에게 물었다.

"나라고 경찰 내부의 일을 다 아는 건 아니야. 한번 알아는 볼게."

박현은 고개를 끄덕인 후 조완희를 쳐다보았다.

"어떻게 생각해?"

"내가 자발적으로 참가한 것도 있지만, 검계에서도 은근히 기대하는 눈치야."

"힘의 공백을 메워주기를?"

그 말에 조완희가 고개를 끄덕였다.

"용왕과 달리 너는 아직 인간미가 남아 있잖아."

"가능하면 오래 지켜야지."

박현은 할아버지의 유언을 떠올리며 고개를 끄덕였다.

"좋아!"

짝!

결심이 선 듯 박현은 박수를 쳐 이목을 집중시켰다.

"일단 장기미제사건으로 몸을 풀자. 그러면서 합도 맞춰 보고. 그런 다음에 천천히 해결해 나가자고."

말을 마친 박현은 오성식 부장을 쳐다보았다.

"제가 무슨 말을 할 건지 아시죠?"

"적극적으로 돕겠습니다."

오성식 부장도 다부지게 말했다.

"해결 안 된 장기미제사건 파일 가지고 있겠죠?"

"구한다면 구할 수 있습니다."

"보내세요."

"적당한 케이스를 몇 건을 골라 보내겠습니다."

그 말에 박현이 고개를 저었다.

"모두 해결할 수 있다고 장담할 수 없지만 보낼 수 있는 건 모두 보내세요. 뻔히 보이는 그런 케이스 말고요. 전부 다."

"알겠습니다."

박현의 말에 오성식 부장은 미소를 띠며 대답했다.

박현은 고개 돌려 안필현을 쳐다보았다.

"사수."

"그래. 나는 뭐할까?"

"일단……."

"일단?"

"이면부터 공부하세요."

"뭐?"

박현은 안필현의 어깨를 두들겼다.

"다 그렇게 시작하는 겁니다."

박현은 옛날 안필현이 자신에게 했던 말을 되돌려주었다.

"이 시키. 내가 사자 새끼를 키웠구나."

"사수."

"왜?"

"사자 새끼가 아니라 용입니다. 못 들으셨어요?"

박현은 보란 듯이 거만하게 턱을 살짝 들어 보였다.

책상 위에 서류 더미가 수북하게 쌓여 있었다.

박현은 쌓여 있는 서류철을 꺼내 펼쳐 사건을 확인했다. 그런 후 노트북으로 파일을 검색했다. 서류철은 경찰 장기 미제사건 서류였고, 노트북 화면에 떠 있는 파일은 국정원에서 보낸 사건 파일이었다.

"이 사건이 이렇게 해결되었군."

툭!

검색을 마친 박현은 서류철을 앞에 놓인 2개의 박스 중 오른쪽 박스에 던져 넣은 후, 커피를 한 모금 마시며 새로운 서류철을 집어 들었다.

"어떤 게 진짜 미제사건이야?"

안필현이 다가와 박현 앞에 놓인 2개의 박스를 쳐다보며 물었다.

"이거요."

박현은 커피잔을 들며 왼쪽에 있는 박스를 발로 툭 찼다.

"생각보다 많지 않네."

수북하게 쌓인 오른쪽 박스와 달리 왼쪽 박스에는 휑할 정도로 서류철이 얼마 되지 않았다.

"쩝."

안필현은 수북하게 쌓인 서류들을 쳐다보며 쓴맛을 다셨다.

"왜요?"

"사건이 해결된 것도 모르고, 여기에 매달려 있을 형사들이 불쌍해서 그렇다."

"어쩔 수 없죠. 그렇다고 해결되었다고 말해줄 수도 없잖아요."

"그냥 그렇다는 거야."

안필현은 대충 의자를 당겨와 앉았다.

"그런데 뭘 이렇게 일일이 다 대조해 가며 읽어?"

"패턴부터 파악해야죠."

"어떤 패턴?"

"인간 칼잡이가 벌인 사건인지, 인간 흉내 내는 귀신들이 벌인 사건인지."

"좀 보여?"

안필현은 고개를 끄덕이며 물었다.

"대충?"

"어느 정도 감은 잡은 모양이네."

그 말에 박현은 피식 웃었다.

"근데 알아는 보셨어요?"

"오 부장 말처럼 있기는 있더라."

박현도 호기심이 일었다.

"서울지방경찰청 수사부 아래에 특수범죄조사과가 있더라고."

"그런 과가 있었나요?"

"나도 몰랐는데 있더라고. 그런데 서울지방경찰청에 있는 동기들도 대부분 몰라. 지금은 그냥 뒷방 늙은이들의 사랑방이야."

박현은 고개를 끄덕였다.

"그리고 혹시 도움 될 만한 서류들이 있나 싶어 알아봤는데, 다 폐기 처분했는지 남아 있는 게 없더라. 지금 그 부서에 있는 이들도 자신들의 부서가 뭐하는 부서인지 모르는데 할 말 다 했지 뭐."

"그건 좀 아쉽네요."

"그래서 최대한 인맥 돌려봤는데, 첫술도 제대로 못 뜨고 흐지부지 사라지고, 쓸 만한 것들은 국정원 쪽으로 흡수된 모양이더라."

박현은 고개를 끄덕였다.

"그건 그렇고 할 만한 사건은 좀 보여?"

"몇 개 눈에 띄기는 하는데, 일단 이거부터 해볼까 합니다."

박현은 책상 한편에 놓아둔 네 개의 서류철을 안필현에게 내밀었다.

"하나라며?"

"읽어보면 알아요."

안필현은 진지하게 사건 기록을 읽어갔다.

"그런데 전부 우리 관할이네."

서류철을 번갈아 보던 안필현이 피식 웃으며 박현을 쳐다보았다.

"근데 풀 수 있겠어? 일이 년도 아니고. 죄다 일이십 년은 다 된 것들인데."

"읽어보면서 뭐 이상한 거 못 느꼈어요?"

"이상한 거?"

안필현은 다시 서류철을 손에 들었다.

"어떤 거?"

"사수. 감이 많이 죽었네."

박현은 서류를 하나와 세 개로 갈랐다.

"이거."

우선 떨어져 나온 서류를 한 개의 사건을 가리켰다.

"뭐 기억나는 거 없어요?"

"뭐?"

"왜 제가 사수 밑으로 들어가서 세 번째인가, 그때 이상한 자살사건."

"······?"

"타살이다 자살이다 말이 많았던 사건이요."

"……."

기억이 난 것인지 안필현의 눈매가 굳어졌다.

"아마 자살로 결론 났죠? 그때?"

안필현이 얼굴을 화락 일그러트리며 서류를 내려보았다.

"그거 타살이야, 인마!"

이내 욱하며 욕설을 삼켰다.

"그때 자살로 결론지어졌었지. 그 개새끼 때문에."

"타살이라는 명확한 증거가 없기도 했죠. 그래서 그렇게 된 것이기도 하고요."

"아니야. 좀만 더 팠으면 분명 흔적이 있었을 거야. 다들 쉬쉬했지만 모두 심증적으로 타살이라 여기고 있었어."

"그렇다 치고. 일단 나머지 사건 파일도 봐봐요."

"이거?"

안필현이 서류를 번갈아 보다 다시 앞장으로 넘어가 사건 일자를 보았다. 날짜를 보자 안필현의 눈가가 슬쩍 찌푸려졌다.

"확실히 비슷하군. 성별만 다른 것만 빼면, 장소도 사망 추정 시각도."

그런데 이 사건은 이십오 년 전 사건들이었다.

자신들의 사건은 고작 사 년 전 사건이었다.

비슷하지만 시간 차이가 너무 크다.

안필현은 박현을 쳐다보았다.

"재미난 거 보여드릴까요?"

박현이 씨익 웃으며 서랍에서 한 뭉텅이 서류를 꺼내 안필현에게 건넸다.

"뭔데?"

"자살 사건."

"……자살 사건?"

"타살 사건으로 기록된 것도 두어 건 있기는 합니다만. 그래도 자살 사건."

안필현은 뭔가를 직감한 듯 재빨리 뭉텅이 서류를 펼쳤다.

그의 표정은 서서히 굳어져 갔고, 눈매는 깊게 가라앉았다. 잠시 후 자세가 불편한 듯 박현의 책상에 서류를 올리고 빠르게 읽어 내려갔다.

"시간 순이니까 굳이 일자 확인 안 해도 됩니다."

이십여 분이 흐르고.

"이거?"

안필현은 입술을 깨물며 박현을 쳐다보았다.

"처음에는 잠정 타살로 결론지어진 사건이 어느 시점부터 자살로 바뀌었습니다."

"이렇게 오랜 시간 똑같이 살인을 행할…… 젠장, 범인이 인간이 아니지."

안필현은 이마를 매만졌다.

"인간이 맞습니다."

조완희.

"인간이라고?"

안필현은 책상에 엉덩이를 걸치고 앉는 조완희를 올려다보며 물었다.

"그 검계의 무인인가 뭔가 하는 이들인가?"

"굳이 따지자면 그렇죠. 정확히 검계에서는 암계인(暗契人)이라고 부르지만요."

"암계인?"

"검계 출신 혹은 검계의 능력을 가졌으면서도 아웃사이더로 범죄를 짓고 다니는 이들을 그리 부릅니다."

안필현은 고개를 끄덕였다.

"누군지 아는 모양이로군."

안필현은 조완희의 미묘한 표정을 읽어냈다.

"대충은."

조완희는 씁쓸한 표정을 지어 보였다.

"정확히는 제가 아니라 신어머니께서 아시죠. 그분에게 천추의 한을 남긴 놈입니다."

"천추의 한이라."

"설명하자면 길고, 인생이 불쌍해서 한 번 용서해 주었는데, 알고 보니 그 모든 게 다 거짓이며 뼛속까지 악인인 것을 몰랐었죠. 그 뒤로는 뭐 보다시피 완전히 숨어버렸죠."

"그래도 잡으려면 잡을 수 있지 않았나?"

이 나라를 좌지우지하는 한 기둥인데.

"정재계 인물들이 뒷배를 봐주고 있어 쉽지 않습니다."

그 말에 안필현의 얼굴이 다시 찌푸려졌다.

"이리저리 얽힌 이들이 제법 되거든요."

조완희는 씁쓸한 표정을 지으며 말을 덧붙였다.

"그런데 정재계 인물들이 왜?"

"영혼결혼식."

"영혼결혼식?"

안필현은 미간을 찌푸렸다.

툭툭!

조완희는 손가락으로 서류철을 두들겼다.

"여기 피해자들, 전부 영혼결혼식을 위한 피해자들이죠."

"산 사람이 어찌……, 설마?"

"예. 산 자와 죽은 자를 결혼시키지 못하니 강제로 혼을 뽑아 결혼시킨 것입니다."

"산 자와도 결혼이 가능하다고 언뜻 들은 거 같은데?"

"그거야 살아생전 서로 사랑했을 때 이야기죠."

"그래서?"

안필현의 말에 조완희는 고개를 끄덕였다.

"허어—."

안필현은 기가 찬다는 듯 경악성을 내뱉었다.

"인간으로서 어찌."

"죽은 자식을 위한 삐뚤어진 사랑이죠."

"그렇게까지 결혼을 시키는 이유가 뭐야?"

"이유야 많죠. 있는 집 자식이면 이래저래 방탕하게 생활했을 거고, 그런 놈들이 순수하게 방탕만 했을 건 아닐 테고, 이래저래 나쁜 업이 많이 쌓였을 거고, 그 업을 씻으려면?"

"욕이 안 나오려야 안 나올 수가 없군."

어느 순간부터 왜 자살 처리가 된 것인지, 사 년 전 왜 위에서 자살 처리하라 압력이 내려온 것인지 알게 되자 화가 치밀어 올랐다.

"그렇다 해도 이 지경인데 검계가 그냥 지켜보는 게 말이 되지 않잖아."

"미친놈입니다."

"......?"

"이 새끼 육신을 버리고 귀신이 되어버렸거든요."

"뭐? 귀신?"

"서양의 리치처럼 백(魄)을 자그만 단자에 봉인하고, 영혼(靈魂)으로 이 몸 저 몸 떠돌고 있으니 잡기가 그리 쉽지 않습니다."

기가 막혀 안필현의 입이 쩍 벌어졌다.

"말씀드렸다시피 거기에 검계라고 해도 모두 사람인지라 이래저래 정재계와 엮인 것도 많고, 이제는 완전히 고위층만을 위해 움직이는 데다 전처럼 살인 수도 많지 않다 보니 어물쩍 모른 척하는 거죠."

"아무리 그래도!"

"우리 무문이나 불문 등 몇몇 문파에서 찾아 나섰지만, 정재계의 비호 아래 있는 데다가 무엇보다 그놈이 어느 몸에 들어있는지도 모르니 쉽지 않습니다. 그렇다고 고위층 주변을 모두 헤집을 수는 없으니까요."

"나 욕해도 될까?"

안필현은 벌겋게 달아오른 얼굴로 숨을 몇 차례 내쉬며 말했다.

"이미 했습니다."

"그거는 일상용어고."

"대장이 욕하고 싶단다. 다들 십 초만 귀를 막아주자."

박현이 말하자 이선화 등 몇몇은 손으로 귀를 막았다.

"야이 씨…… %*$^#&$%&^%*%&$&%!"

안필현은 목이 터져라 욕을 내뱉었다.

그런 후 몇 차례 숨을 내쉬며 호흡과 마음을 가다듬었다.

"할 수 있겠냐?"

안필현은 객관적으로 사건을 직시하며 물었다.

"못 할 것도 없지요."

"완희 말을 들으면 문제는 그놈이 아니라, 빌어먹을 고위층 놈들인데. 잘못 건들면 너뿐만 아니라……."

그 말에 박현이 피식 웃음을 터트렸다.

"사수."

"나 지금 엄청 화났고 진지하다."

안필현은 박현의 웃음기에 정색했다.

박현이 폰을 꺼내 흔들었다.

"지금 대통령을 호출하면, 그가 올까요? 안 올까요?"

"……."

"내 생각에 한 시간? 아니 헬기 타고 삼십 분이면 내 앞으로 올 거 같은데. 확인해볼까요?"

"니미, ……야! 야!"

안필현은 어이없어 욕을 내뱉다가 소리를 질렀다.

왜냐하면 박현이 통화 버튼을 눌렀기 때문이었다.

잠시 후.

《여보세요.》

전화기 너머로 묵직한 목소리가 들려왔다.

"나야."

《……. 말씀하십시오.》

박현은 안필현을 빤히 쳐다보며 입을 열었다.

"지금부터 수사 하나 할 건데. 검찰이랑 법원에 미리 언질 넣어놔."

《……어떤?》

"말이 좀 짧아진다."

《아, 아닙니다. 어떤 일을 말씀하시는 것인지.》

"영장 때렸을 때……."

《저, 어떤 일인지 여쭤봐도 되겠습니까?》

비서실장은 다급하게 물어왔다.

그러거나 말거나.

"반송이 하나라도 되면…… 죽는다. 대통령도."

《저, 박현 님! 박…….》

탁!

박현은 전화를 끊으며 씨익 웃었다.

그 웃음에 안필현은 너무 놀라 입을 쩍 벌린 채 눈만 껌뻑거렸다.

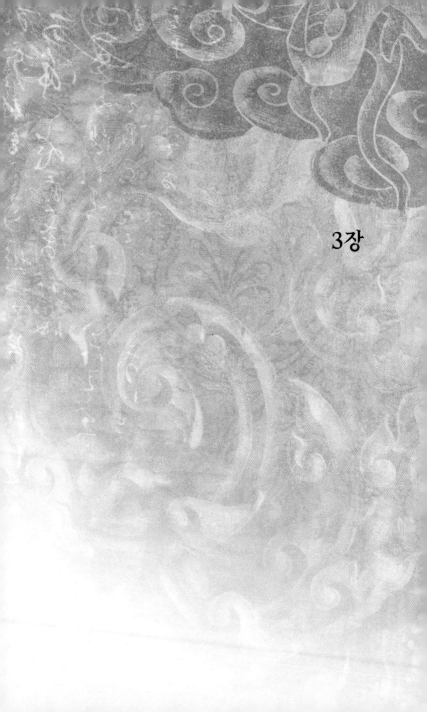

3장

삐—

사무실 현관 쪽에서 벨 소리가 울렸다.

대화를 나누던 박현과 안필현, 조완희가 고개를 돌렸다.

"누구지?"

그러는 사이 이선화가 부리는 꼬마 귀신이 현관으로 쪼르르 날아갔다.

"청장님 같은데요?"

"네가 청장님을 어떻게 알지? 본 적이 있었나?"

안필현이 고개를 갸웃거렸다.

"커다란 무궁화 3개면 청장님 아닌가요?"

이선화가 방문인의 계급장을 언급했다.

"청장님 맞는 모양이다."

안필현이 고개를 끄덕이는데 박현이 피식 웃음을 삼켰다.

"열어드려."

박현의 말에 꼬마 귀신이 쪼르르 날아가 문을 열었다.

아무도 문을 열어주지 않았는데 갑자기 문이 열리자 청장 민승기는 잠시 당황했다.

"들어와."

열린 문 사이로 박현의 목소리가 들려오자 민승기 청장은 잠시 머뭇거리다가 안으로 들어갔다.

"험험."

사무실에 들어선 민승기 청장은 박현과 눈이 마주치자 어색함에 헛기침을 두어 번 내뱉었다.

"사수. 사무실로 가죠."

민승기 청장을 본 안필현이 고개를 끄덕이며 자리에서 일어났다.

"나머지 이야기는 조금 있다 하지."

"그러죠."

조완희는 민승기 청장에게 고개를 가볍게 숙인 후 자신의 자리로 돌아갔다.

달깍.

안필현이 마지막으로 자신의 방으로 들어가 문을 닫았다.

"저기 박현 님."

눈치를 봐야 할 이들이 사라지자 민승기 청장이 곧장 박현을 불렀다.

"일단 앉아요."

박현이 소파에 앉자 민승기 청장은 재빨리 맞은편에 자리를 잡고 앉았다.

"뭐가 이리 다급한 일이 있어 오셨을까, 우리 청장님."

"……그게."

일단 박현과 마주 앉기는 했는데 민승기 청장은 쉽사리 입을 열지 못했다. 그뿐만 아니라 박현이 빤히 쳐다보자 긴장감이 일었는지 손수건으로 이마와 콧등에 맺힌 땀을 닦아냈다.

"왜 오셨는지 본인이 맞춰볼까요?"

박현은 소파 팔걸이를 손가락으로 다르륵 두들겼다.

"무슨 사건을 수사하시는지……, 혹시 여쭤봐도 되겠습니까?"

민승기 청장은 입을 뗀 후 땀을 닦았던 손수건을 주물럭거리며 박현의 눈치를 봤다.

"이거 안 되겠네, 비서실장."

박현의 입에서 비서실장이 나오자 민승기 청장은 눈을 감았다.

　"청장."

　박현은 전화기를 들며 그를 불렀다.

　"예."

　"혹시 근래에 죽은 자식이 있나요?"

　"왜 그걸 물어보시는지……, 어, 없습니다."

　박현이 눈매가 가늘어지자 민승기 청장은 화들짝 묻는 말에 대답했다.

　박현은 고개를 끄덕였다.

　"주변에는?"

　"음―, 없는 거 같습니다."

　"그럼 안심하세요."

　그의 말이 맞는다면 일단 첫수사와 연관은 없을 테고.

　박현은 씨익 웃으며 통화 목록에서 가장 상단의 이름을 눌렀다.

　"삼십 분. 그 안에 내 앞에 서 있지 않으면 대통령의 목이 잘리는 걸 보게 될 거야."

　툭―

　박현은 통화 종료 버튼을 누르며 민승기 청장을 보며 웃음을 보였다.

♪~♩♪~♩♫~

곧바로 전화벨이 울렸지만 박현은 무음처리를 하며 폰을 탁자 위에 던졌다.

민승기 청장은 폰에 뜬 전화번호를 보자 순간 움찔거렸다.

"사람들이 말이에요. 왜 하나같이 높은 자리에 올라가면 다들 멍청해지는지 모르겠어요."

♪~♩♪~♩♫~

박현의 화면이 꺼지자, 이번에는 민승기 청장의 폰에서 벨이 울렸다.

벨이 울리자 민승기 청장은 박현을 힐긋 쳐다보았다.

받지도 못하고 끊지도 못하는 민승기 청장을 보며 박현은 입을 열었다.

"민 청장."

"……예."

"판단 잘하셔야 합니다."

부드러운 미소에 민승기 청장은 입술을 두어 번 씹으며 고민하더니 이내 뒤 커버를 열어 배터리를 빼버렸다.

"우리 청장님 감이 좋군요."

박현은 고개를 끄덕이며 민승기 청장을 쳐다보았다.

"왜 그리 보시는지."

"본인에 대해 얼마나 아는지 궁금하군요."

민승기 청장은 잠시 망설이다가 입을 열었다.

"이 세상에 일반 사람들은 알지 못하는 다른 세상이 있다고 들었습니다. 그곳에서 살아가는 이들이 실질적으로 세상을 다스린다는 것도요."

민승기 청장은 말을 하며 박현의 눈치를 봤다.

박현은 계속 말을 하라고 손을 저었다.

"박현 님이 그 세상의 사람이고, 대통령도 무시하지 못하는 강자라는 것 정도가 전부입니다."

말을 마치자 민승기 청장은 마른침을 삼키며 박현을 쳐다보았다.

그 말은 다 들은 박현은 애매한 미소를 지었다.

"청장님, 차 한 잔 드십시오."

분위기가 고요해지고 더불어 어색해지자 안필현이 컵 세잔에 녹차 티백을 담아왔다.

"고맙네."

박현은 적막함을 디저트 삼아 녹차를 마셨다.

녹차가 비어질 때쯤이었다.

삐이—

외부의 초인종이 울렸다.

"내 손님이야. 열어줘."

박현이 속삭이듯 말하자 사무실 밖에 있던 이선화가 굳

게 닫힌 문을 열었다.

고개를 살짝 기울인 박현이 입꼬리를 말아 올렸다.

"비서실장이 열이 좀 많이 받은 모양인데요."

"무슨 소리야?"

안필현이 물었다.

"아직 본인과 우리 팀에 대해 모르는 모양인지 경호원들을 주르르 달고 왔다네요. 그것도 K—1 소총으로 무장한."

그 말이 떨어지기가 무섭게.

"야이, 박현 이 새끼 어디 있어?"

쩌렁쩌렁한 목소리가 대장실 밖에서 울려 퍼졌다.

"어쩌려고?"

박현이 자리에서 일어나자 안필현이 다급히 물었다.

"글쎄요. 걱정 말아요, 죽이지는 않을 테니까."

박현이 민승기 청장을 일견하며 문을 열었다.

"비서실장."

"너, 이 새끼!"

비서실장 정호성은 문기둥에 기대 서 있는 박현을 보자 소리를 버럭 소리를 지르며 성큼 다가와 멱살을 잡았다.

"너 죽고 싶어?"

그리고는 오른손으로 권총을 꺼내 뺨을 눌렀다.

"뭐? 대통령 각하를 죽여? 너 국가반역에 국가수반암살로 죽여줄까?"

"이야, 이거."

박현은 고개를 돌려 민승기 청장을 일견했다.

"우리 청장님도 아는 걸 청와대 비서실장이 모르네."

"모르긴 뭘 몰라! 이면이고 삼면이고 인간이 배 뚫리고 머리 뚫리면 죽는 거 매한가지야!"

정호성 비서실장은 권총으로 박현의 뺨을 더욱 짓눌렀다.

그러자 박현의 눈매가 가늘어졌다.

"쏴."

"뭐?"

"쏘라고. 그대 말대로 뚫리나 안 뚫리나."

박현은 차가운 눈으로 정호성 비서실장을 쳐다보았다.

"미친."

박현은 손을 뻗어 권총 총신을 움켜잡았다.

"이! 이!"

그 행동에 정호성 비서실장이 권총을 뒤로 빼려 했지만 박현에게 단단히 잡힌 권총은 그저 인간인 그가 뺄 수 있는 수준이 아니었다.

박현의 눈동자가 서서히 황금색으로 바뀌었다.

공기를 짓누르는 위압감에 권총을 빼기 위해 용을 쓰던 정호성은 자신도 모르게 박현을 쳐다보았다.

살기를 머금은 그의 눈빛에 정호성 비서실장은 저도 모르게 뒷걸음치다 권총 방아쇠를 당기고 말았다.

탕—

귀청을 얼얼하게 만드는 총소리가 한순간 사무실에 울려 퍼졌다.

척— 척— 척—

그와 함께 왔던 경호원 넷이 재빨리 자동소총을 꺼내들어 박현을 겨눴다.

박현은 소총을 슬쩍 쳐다봤지만 전혀 신경 쓰지 않은 채 다시 정호성 비서실장에게로 눈을 돌렸다.

이어 총을 놓고 뒷걸음치는 정호성 비서실장의 걸음 수만큼 걸어갔다. 그리고는 그의 눈앞으로 권총을 움켜쥔 손을 들어올렸다.

"멈춰!"

"꼼짝 마! 움직이면……."

경호원들이 박현을 소총으로 정조준하며 소리쳤다.

그러거나 말거나.

박현은 손아귀에 힘을 주기 시작했다.

우드득—

그러자 권총이 박현의 손안에서 우그러지기 시작했다.

탕—

약실에 든 총알이 그 압력을 이기지 못하고 폭음을 만들어냈다.

타다다다당!

탄알이 터지는 폭음에 경호원들은 그저 훈련으로 만들어진 본능에 따라 박현을 향해 소총을 쏘았다. 그러자 그의 몸에서 수십 개의 불꽃이 튀었다.

"중지!"

경호원 중 고참으로 보이는 자가 손을 들었다.

고참은 피떡이 되어 있을 박현을 떠올린 듯 얼굴을 찌푸렸다.

하지만.

"헉!"

불꽃을 만들었던 수십 발의 총알들은 경호원들의 예상을 깨고 아지랑이 같은 희미한 막에 막혀 허공에 떠 있을 뿐이었다.

잠시 후 수십 발의 총알들이 바닥으로 후드득 떨어졌다.

"선화야."

박현이 그를 부르자.

『키키키키!』

『이히히히!』

스물가량 되는 귀신들이 천장과 바닥, 벽에서 스물스물 기어 나왔다.

"으헉!"

"컥!"

귀신들은 너무 놀라 정신을 놓은 경호원들을 순식간에 떼로 덮쳐 소총 및 무기를 빼앗고 그들을 바닥에 짓눌렀다.

그리고 두 구의 귀신이 정호성 비서실장을 향해 다가왔다.

"으어!"

정호성 비서실장은 믿을 수 없는 현 상황에 이성을 잃은 듯 우스꽝스럽게 손과 발을 휘젓다가 엉덩방아를 찧었다.

박현이 그에게로 달려드는 귀신들을 쳐다보자, 날카로운 기운에 두 구의 귀신은 화들짝 뒤로 물러났다.

"이봐, 정 실장."

박현은 멍하니 앉아 있는 정호영 비서실장을 향해 걸어가 섰다.

"흡!"

정호성 비서실장이 황금빛 눈동자를 쳐다보자 두려운 듯 호흡이 샜다.

박현이 가볍게 손을 휘젓자.

수욱— 쾅!

정호성 비서실장은 무언가에 끌려가듯 휙 날아가 벽에 부딪힌 후 바닥으로 떨어졌다.

"허억!"

그것도 잠시.

고통에 몸부림치던 정호성 비서실장은 다시 무형의 힘에 의해 바닥을 쓸며 박현 앞으로 끌려갔다.

"꺼억—."

이어 그의 몸이 천천히 허공으로 떠올렸다.

그를 떠올리게 한 무형의 힘은 오로지 그의 목에만 집중되어 있었다.

"정 실장."

박현은 숨통이 막히자 괴로움에 몸부림치는 정호성 비서실장을 부드러운 목소리로 불렀다.

"꺼어—."

정호성 비서실장은 힘겹게 시선을 내려 박현을 쳐다보았다.

턱— 우당탕

그러자 거짓말처럼 그를 옥죄던 힘이 사라지고, 정호성 비서실장은 바닥으로 나뒹굴었다.

"허헉— 허헉—."

박현은 그의 앞으로 걸어가 조용히 앉았다.

"좀 더 사회에 대한 공부를 해야지. 더욱이 청와대에 있는데. 안 그래?"

그 말에 정호성 비서실장은 목이 부러져라 고개를 끄덕였다. 박현은 그런 그의 어깨에 손을 얹었다.

"그리고 한 번뿐이야."

박현이 속삭이듯 말했다.

"……?"

"다음에는 진짜 죽어."

"……!"

정호성 비서실장의 눈동자가 공포를 이기지 못하고 파르르 요동쳤다.

*　　*　　*

안필현 사무실.

박현은 맞은편에 앉아 안절부절못하는 정호성 비서실장을 쳐다보았다. 처음 호기롭던 모습은 온데간데없고 그저 고양이 앞의 한 마리 쥐처럼 잔뜩 움츠러들어 있었다.

"일단 재웠는데, 기억은 어떻게 할까?"

조완희.

"히익!"

그의 뒤로 마치 실에 묶인 꼭두각시 인형처럼 푸르스름한 귀신들의 손에 들려 허공에서 허우적거리는 경호원들을 보자 정호성 비서실장은 얼굴이 하얗게 질리며 기묘한 신음을 삼켰다.

"지워. 알아봐야 좋을 거 없어."

"알았어."

조완희가 그들을 데리고 다시 밖으로 나갔다.

『이히히히!』

그 사이 늙수그레한 귀신 하나가 장난기가 동했는지 음침한 울음을 흘리며 정호성 비서실장을 향해 날아갔다.

『키학!』

그러더니 마치 그를 집어삼킬 듯 아귀처럼 입을 커다랗게 쩍 벌렸다.

"꺼어—."

눈 바로 앞에서 하마보다도 큰 입안이 보이자 정호성 비서실장은 몸을 부들부들 떨며 눈이 서서히 뒤집혔다.

"정신 차려야."

그가 정신을 잃으려는 순간, 서기원이 다가와 부드러운 기운으로 그를 보호했다.

"쯧."

박현은 혀를 차며 거센 기운으로 늙수그레한 귀신을 찍어 눌렀다.

『꺄아아아악!』

기운에 짓눌린 늙수그레한 귀신이 비명을 지르자 아기 귀신이 종종 뛰어왔다.

『끼익!』

아기 귀신은 고통에 눈을 동그랗게 뜨고 몸을 부들부들 떨면서 늙수그레한 귀신을 부둥켜안았다. 그리고는 그렁그렁 눈물 맺힌 눈으로 박현을 쳐다보았다.

그 모습에 박현은 미간을 찌푸렸다.

"박현 님."

그들을 부리는 이선화가 눈치를 보며 조심스럽게 입을 열었다.

"그래야, 너무 그러지 말아야."

서기원도 거들자, 박현은 마뜩잖은 표정을 지으며 기운을 거뒀다. 그러자 두 귀신은 연신 재빨리 이선화의 뒤로 몸을 숨겼다.

"교육 똑바로 시켜."

"예."

이선화가 두 귀신의 등을 떠밀며 서둘러 사무실을 나갔다.

조금 조용해지는가 싶었는데.

쿵!

묵직한 소음에 고개를 돌려보니 안필현 대장이 거품을 게워내며 소파 위로 쓰러져 있었다. 박현에게 바투 다가서 있다가 그의 기운에 휘말린 모양이었다.

"하아—."

한숨이 절로 흘러나왔다.

'음?'

그러고 보니, 일반인이 하나 더 있었다.

"청장은?"

"괜찮아."

경호원들을 처리하고 다시 돌아온 조완희가 마침 민승기 청장이 근처에 있어 부적으로 박현의 기운으로부터 그를 보호해주었다.

"괘, 괜찮습니다."

민승기 청장은 손수건으로 이마에 맺힌 땀을 닦아내며 억지웃음을 지었다. 하지만 정호성 비서실장의 창백한 얼굴과 별반 다르지 않을 정도로 핏기를 잃은 얼굴에 손수건이 바람에 휘날리듯 나풀거렸다.

"다들 앉아. 그리고 완희야, 네가 한 번 더 수고를……."

"됐다, 회의나 해. 대장은 내가 돌볼게. 어이, 하나 튀어 나와."

문 쪽에 서 있던 비형랑이 귀신 하나를 불러내더니 귀신을 시켜 안필현 대장을 들쳐 멘 후 밖으로 나갔다.

"기절하는 거 보기 좀 그렇다. 나중에 부적 한 장 써줘라."

박현의 말에 조완희가 고개를 끄덕였다.

"그리고 정 비서."

"예, 옙!"

박현이 자신의 이름을 부르자 정호성 비서실장은 허리를 세우며 대답했다.

"이제 우리 대화를 좀 해야겠지?"

"절대 영장 기각되는 일이 없도록 하겠습니다."

곧바로 박현이 원하는 대답을 하는 걸 보면 눈치는 좀 있는 모양이었다.

"……."

"걱정 안 하셔도 됩니다. 민정수석이 대학 후배에 동향입니다. 그러니 믿어주십시오."

박현이 빤히 쳐다보자 정호성 비서실장은 재빨리 부연을 덧붙였다.

"뭐 그 목이 내 목은 아니니."

박현의 시선이 목으로 내려가자 정호성 비서실장은 저도 모르게 자신의 목을 쓰다듬으며 마른 침을 꿀떡 삼켰다.

"그럼 가 봐."

"저기 경호원들은……."

정호성 비서실장은 자리에서 일어나며 머뭇머뭇 입을 열었다.

"밖에서 대기하고 있습니다. 기억은 지워놓았고, 처음부터 밖에서 대기한 걸로 해놨습니다."

조완희.

"아, 예. 그럼!"

정호성 비서실장은 허리를 넙죽 숙인 후 재빨리 몸을 돌렸다.

"정 비서."

"옙!"

"어디 가서 떠벌리지 마. 목숨이 두 개가 아니라면."

"아, 알겠습니다."

대답을 한 정호성 비서실장은 도망치듯 빠른 걸음으로 사무실을 빠져나갔다.

"저도 이만……."

민승기 청장도 눈치를 보며 슬그머니 소파에서 엉덩이를 뗐다.

"그냥 가시려고?"

"예?"

박현의 물음에 민승기 청장이 얼음처럼 굳어버렸다.

"……그게."

민승기 청장은 눈을 굴리며 생각에 잠기는가 싶더니 이내 고개를 저었다.

"원래 수사라는 게 윗선이 개입하면 될 것도 안 된다고 생각하는지라."

한시라도 빨리 벗어나고 싶지만 그러지도 못해서 그런지 그의 입가에는 어색하고 불편한 웃음이 지어졌다.

박현이 손을 저어 나가도 좋다 표하자.

"그럼."

그는 재빨리 허리를 넙죽 숙인 후 뒤도 안 돌아보고 밖으로 나갔다.

"눈치는 빠르네."

조완희가 다가와 소파에 앉았다.

"밖에 그렇게 서 있지 말고 다들 들어와!"

박현은 신기(神氣)로 허공섭물(虛空攝物)의 술(術)로 문을 열며 소리쳤다.

"많이 능숙해졌다."

그 행위에 조완희가 미소를 보였다.

"능숙해진 게 아니야."

"그 정도면 능숙해 보이는……, 뭐?"

"뭐라고 해야 하나."

박현이 잠시 뜸을 들이는데.

"그냥 하는 거야. 자연스레 숨을 쉬는 것처럼."

사무실로 들어온 최길성이 대신 대답했다.

"탈피라고 해야 하나. 아니 각성이라고 해야 하는 게 옳나? 어쨌든 진신으로 다시 태어나면 그냥 할 수 있게 돼."

조완희가 최길성을 잠시 쳐다보다 다시 박현을 바라보자, 박현은 어깨를 으쓱 들어올렸다.

그러는 사이, 하나둘씩 안필현 사무실로 모여들었다.

박현은 사무실에 모인 이들을 쭉 쳐다보았다.

자신의 사람들, 아니 사람들과 신들.

믿을 수 있는.

누구도 아닌 나의 편.

박현은 저도 모르게 웃음이 지어졌다.

"뭐야? 그 기분 나쁜 웃음은."

비형랑이 미간을 찌푸렸다.

"심 일 정도 되었으니 다들 어느 정도 적응했겠지?"

"적응하고 말 게 있어야?"

서기원이 시큰둥하게 대답했다.

하긴 건물 자체도 독립적인 별관인 데다가 다른 경찰들과 접점도 없을뿐더러, 어차피 여기 모인 이들이야 서로를 잘 아니 딱히 적응이라고 할 것도 없었다.

굳이 적응이라고 한다면, 자신의 책상 정리하고, 화장실이랑 흡연구역 정도 알아본 게 다였다.

한마디로 삼 일 동안 빈둥빈둥 시간을 보낸 게 다였다.

"이거 형사 직무 교육이라도 보낼 걸 그랬나?"

"그거 받는다고 뭐 달라지겠어요?"

미랑이 요염하게 허리를 틀며 꼬리를 드러내 팔랑팔랑거렸다.

"하긴. 형사라는 게 별거 있나? 그리고 어차피 우리는 일반인들을 별로 상대할 것도 아니라며?"

"여차하면 기억 지우면 돼."

비형랑과 조완희.

"흐흐흐."

"호호호."

몇 마디 대화 뒤에 다들 요상한 웃음소리를 내뱉자 박현은 '아이쿠야.' 손으로 이마를 짚었다.

"말은 저래도 아시잖아요."

이선화.

"휴우—, 그래. 여기서 정상은 너랑 나밖에 없는 거 같다."

박현의 푸념이 흘러나오자.

"푸하하하!"

"호호호호!"

다시 웃음이 터졌다.

"농담은 이걸로 끝내고 이제 집중하자."

웃음이 잦아들 때쯤 박현은 장난기 어린 표정과 목소리를 진중하게 바꿨다. 그 변화에 한없이 가볍던 분위기가 한순간 진지하게 변했다.

"사건은 대충 들어 알지?"

박현의 물음에 다들 고개를 끄덕였다.

"사건 자체는 어렵지 않아. 추적 역시 그다지 어렵지 않아 보이고."

박현의 말에 다들 고개를 끄덕였다.

"문제는 검계야."

검계라는 말에 조완희의 표정이 조금 굳어졌다. 그보다 눈에 덜 띄었지만 최길성과 비형랑의 표정도 미세하게 변했다.

"십중팔구 검계와 연관되어 있을 거야. 정확히는 검계에 소속된 누군가겠지만."

"끄응."

조완희는 앓는 소리를 삼켰다.

"휘익~."

비형랑이 휘파람을 불었다.

"한바탕 피바람이 불겠군. 그 피바람이 어디까지 번지려나."

"그래도 정리할 건 해야지. 하늘도 바뀌었는데."

조완희는 자리에서 일어났다.

"검계?"

박현이 묻자 조완희가 고개를 끄덕였다.

"다른 이들은 몰라도, 계주님은 알아야지."

"아니야. 내가 가지."

박현이 자리에서 일어났다.

"네가?"

"어영부영 처리할 거면 몰라도. 너보다는 내가 나아. 그리고 계주는 믿지만 다른 이들은 못 믿어."

박현이 조완희와 최길성을 바라보며 말했다.

"둘은 팀원들 데리고."

박현은 손으로 팡팡— 서류 더미를 내려쳤다.

"여기 뽑아놓은 인물들 소재 파악 좀 해놔요."

"소재 파악?"

최길성이 눈을 껌뻑이며 물었다.

"그건 어떻게 하는 거냐?"

박현은 그 물음에 잠시 눈을 껌뻑였다.

"그거야 신원조회……. 휴우~."

말을 하다 말고 박현은 멀뚱멀뚱 자신을 쳐다보는 팀원들을 보고는 다시 한숨을 푹 내쉬었다.

"일단 내가 하마."

그 사이 정신을 차린 듯 안필현 대장이 핼쑥한 얼굴로 들어왔다.

"사수, 진짜 형사나 형사 출신을 데려와야겠어요."

안 그랬다가는 자신과 안필현 대장이 모든 업무를 다 보게 생겼다.

"나도 동감이다."

'근데……'

박현은 팀원들을 쳐다보았다.

이면에서도 난다 긴다 하는 이들이.

'교육이 되기는 할까?'

박현은 팀원들을 쳐다보다 다시 한숨이 새어 나오려는 걸 애써 삼켰다.

'정 안 되면.'

매에는 장사 없다 했으니.

"왜 그리 웃어야?"

입꼬리가 잠시 말려 올라갔나 보다.

서기원이 눈초리를 가늘게 뜨며 물었다.

"아니다. 그럼 다녀올게."

외투를 챙긴 박현은 축지로 경기남부지방경찰청을 벗어나 검계로 향했다.

'그나저나 누구를 데려오나.'

그때 누군가가 머릿속에 떠올랐다.

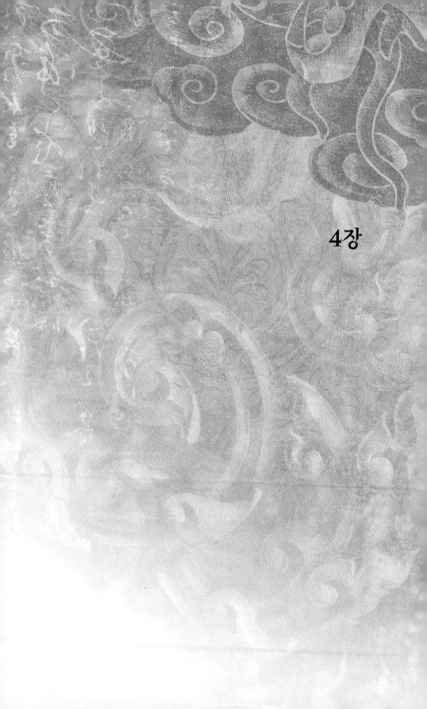

4장

박현은 가던 길을 잠시 멈추고 스마트폰을 잠시 들었다.

♪~♩ ♪~♩ ♬~

벨 소리가 얼마 가지 않고.

《여보세요.》

뭔가 축 처진 신동진 경사의 목소리가 들려왔다.

"형님, 접니다."

《……누구? 어? 현이가?》

스마트폰 너머로 처져 있던 목소리 톤이 올라갔다.

"뭡니까, 형님."

《미안하다. 왜 저번에…… 아니다. 폰이 부서져서 연락

처가 싹 날아갔다.》

　"그거 자동백업⋯⋯."

　박현은 답답하다는 듯 말을 하려다가 신동진 경사의 지긋한 나이를 깨닫고는 그냥 입을 닫았다.

《근데 어인 일로 전화를 다 했어?》

　"뭐~ 어떻게 지내나 궁금해서 전화해봤습니다."

《휴직계 쓰고 쉬고 있다.》

　"휴직계요?"

　박현의 목소리도 착 가라앉았다.

《믿기 어렵겠지만, 아니 나도 믿기지 않지만 귀신이 쓰인 후로 영 몸이 옛날 같지 않아.》

　신동진 경사는 우울한 목소리로 푸념했다.

　"혹시 그 일 기억하십니까?"

《드문드문. 그 기억도 현실인지 꿈인지⋯⋯, 휴우―.》

　어느 정도 이면에 관련된 기억의 흔적이 뇌리에 깊게 새겨진 모양이었다.

《솔직히 너 병문안 왔다고 했는데 기억도 안 나. 아~, 늦었지만 병문안 와줘서 고맙다.》

　당시 무당귀신이었던 욕강에게 정신이 깨지고, 강제로 귀신과 접한 후유증이 생각보다 큰 모양이었다.

　"⋯⋯정신을 놓거나 그런 건 없죠?"

《다행히 그 정도는 아니다. 다만 이상하게 팔다리에 힘이 안 들어가. 근육도 쭉쭉 빠지고. 그래서 퇴직해야 하나 고민 중이다.》

우울증도 온 듯 목소리도 한없이 우울하기 짝이 없었다.

하긴 건강하던 몸이 하루아침에 엉망이 되었고, 천직이라 여기던 형사로의 복귀도 장담할 수 없으니, 어쩌면 당연한 반응일지 몰랐다.

"방바닥 긁으며 술이나 마시고 있죠?"

《…….》

순간 전화기 너머로 정적이 흘렀다.

"정신 차리고, 경기남부지방경찰청으로 와요."

《거긴 왜?》

"오라면 와요. 오면 본청으로 가지 말고 제2별관으로 와요, 아셨죠?"

《제2별관?》

"예. 그리고 안필현 사수 기억하죠?"

《필현이?》

"네."

《그럼 기억하지. 필현이 경기남부지방경찰……, 너 같이 있어?》

"예."

《이야! 그때 너희 둘, 정말 기가 막혔는데. 결국 다시 뭉쳤구나.》

나름 좋았던 기억 때문인지 회상하는 신동진 경사의 목소리는 조금이나마 밝아졌다.

"시간 없으니까, 설명은 나중에 듣고. 일단 와요. 그럼 끊습니……."

《야야! 현아!》

"예."

《언제까지……. 내가 거길? 아니 왜? 나 지금 몸도 시원찮은데.》

언뜻 희망을 봐서일까, 신동진 경사는 들뜬 마음에 횡설수설했다.

"그냥 일단 오세요. 저 없어도 사수가 있으니까 말씀 나누세요. 저는 바빠서 이만."

《야야! 현.》

박현은 전화를 끊은 후 곧바로 정호성 비서실장에게 전화를 걸었다.

"나야. 화정파출소에 근무하는 신동진 경사라고 있어. 우리 팀으로 발령 내."

《아니 그걸 왜 제게…….》

"그럼 대통령에게 바로 전화할까?"

《아, 아닙니다.》

화들짝 놀란 목소리가 들려왔다.

"정 비서."

《옙!》

"오는 게 있으면 가는 것도 있다."

《그게 무슨 말씀이신지…….》

"시키는 일이나 잘하라는 뜻이야."

박현은 정호성 비서실장의 답을 듣지 않고 전화를 끊었다.

그리고 스마트폰 연락처에서 안필현 대장을 찾았다.

"대장. 신동진 형님, 기억하시죠?"

《기억하지. 그런데 왜?》

"곧 찾아갈 겁니다."

《동진 형님이? 설마?》

"예. 팀원으로 넣으려고요."

《괜찮을까?》

"말은 안 했지만, 동진이 형님이 얼마 전에 이면에 관련된 사건에 휘말려 지금 몸이 정상이 아니에요."

《흠.》

"아무것도 모르는 이보다야, 차라리 어렴풋이나마 경험한 이가 낫다 싶어서요. 일단 만나보세요. 그럼 끊습니다."

전화를 끊은 박현은 스마트폰을 품에 넣었다.

"그럼 가볼까?"

박현은 검계가 있는 방향으로 발을 굴렀다.

팡—

그의 몸은 흐릿하게 사라졌다.

＊　　＊　　＊

단출한 방 안.

박현은 검계주 윤석과 마주 앉아 있었다.

"휴우—."

윤석은 한숨을 푹 내쉬며 박현을 쳐다보았다.

"참입니까?"

"본인이 거짓을 말할 이유는 없습니다."

"그렇지요. 그렇고 말고요."

윤석은 고개를 끄덕이며 참담함에 눈을 감았다.

"허허."

그러더니 허망한 눈으로 천장을 바라보며 탄식을 내뱉었다.

"많은 피가 흐를 겁니다."

"피가 아니라 고름입니다."

"고름이라. 그 말이 맞군요."

윤석은 고개를 내려 박현을 쳐다보았다.

"시간을 주실 수 없겠습니까?"

"……."

박현은 대답하지 않았다.

"주시면."

"그대의 목과 검계 자체를 걸 수 있다면."

박현은 묵직한 목소리로 말했다.

"……그 말씀은."

당연히 거부였다.

"하지만, 박현 님. 검계가 흔들리면 날뛰는 신들을 견제할 수 없……."

"윤계주."

박현은 그를 불러 입을 닫게 만들었다.

"검계가 필요악의 존재입니까?"

"필요악이라니요! 농이 과합니다!"

"그런데 왜 제 귀에는 그리 들리지요?"

발끈했던 윤석이 뭔가 변명이라도 하려는 듯 입을 달싹였지만 결국 입술을 지그시 깨물며 입을 닫았다.

"그리고 윤계주, 뭔가 착각하는 거 같습니다."

"……?"

"본인은 허락을 받으러 온 게 아닙니다. 통보하러 온 것이지. 아시겠습니까?"

무거운 침묵이 흘렀다.

"원하는 게 뭡니까?"

"침묵. 그리고 자정(自淨)."

박현은 자리에서 일어났다.

"혹여나 경거망동하는 일은 없었으면 합니다."

"박현 님."

윤석은 고개를 들어 박현을 올려다보았다.

"내 입이 열 개라도 할 말이 없소만, 침묵 지키지요. 허나!"

윤석의 눈에는 어느새 핏발이 서 있었다.

"정확히 고름만 짜내야 할 것입니다."

"정확히 고름만이라."

박현의 눈매가 가늘어졌다.

"세상사가 다 그렇지요. 좋은 일에도 은원이 쌓입니다."

"재밌군."

박현의 입가에 진한 미소가 지어졌다.

팟!

그리고 그의 신형이 사라졌다.

꽉!

쥘부채가 윤석의 손 안에서 바스락 부서졌다.

"밖에 누구 없느냐!"

윤석은 목소리를 높였다.

"검수단주와 검찰대주를 부르라!"

*　　*　　*

"왔어?"

사무실로 돌아오니 신동진 경사가 수북하게 쌓인 서류 더미에서 얼굴을 쏙 내밀며 인사했다.

"형님?"

박현이 의아해할 사이도 없이 신동진 경사가 다가와 몇 장의 서류를 내밀었다.

"자, 일단 이거."

"뭡니까?"

"뭐긴 뭐야."

그가 내민 서류는 몇몇 피의자의 인적사항이었다.

"일단 접근하기 쉬운 이들부터 뽑아봤어."

박현은 서류에서 눈을 떼고 신동진 경사를 쳐다보았다.

"어떻게 된 겁니까?"

"네가 불러놓고 어떻게 된 거냐고 물으면 뭐라고 대답하나?"

"그렇긴 한데."

"오랜만에 서류를 봐서 그런가 눈이 뻑뻑하다. 커피나 한 잔 하자."

신동진 경사는 박현의 소매를 끌고 휴게실로 향했다.

"믹스죠?"

"뭘 물어? 당연히 달달한 믹스지."

박현은 커피포트에 물을 올린 후, 입으로 커피믹스 봉지를 뜯어 컵에 담았다.

물이 끓자 커피를 타서 신동진에게 건넸다.

"땡큐."

신동진은 커피가 담긴 종이컵을 받아들였다.

"안 대장하고 완희라고 했던가?"

"네."

"둘에게서 대충 들었다."

"괜찮아요?"

박현은 담배를 입에 물며 물었다.

"왜, 충격이라도 받았을까 봐?"

그 말에 박현은 고개를 끄덕였다.

"충격이라. 받았지."

충격을 받았다고는 하지만 표정은 생각보다 편해 보였다.

"그런데."

"……?"

"부처님, 예수님, 신이란 신은 다 부르며 감사하다고 외쳤다."

"……?"

"내가 미친 게 아니란 걸 알았으니까."

신동진은 피식 웃으며 담배에 불을 붙였다.

"후우—. 현아."

신동진은 담배 연기를 내뿜으며 그를 불렀다.

"말씀하세요."

"고맙다."

"……."

"몸이 이래서 전처럼 현장을 뛰지는 못하겠지만, 애초에 내가 뛸 판이 아닌가?"

"아무래도."

"새끼. 그래도 아직 현장 뛰어야죠, 이런 빈말도 못 하냐?"

신동진은 미지근해진 커피를 단숨에 마시고는 종이컵을 한 손으로 구겨 쓰레기통으로 던졌다.

"사무적인 서포터는 확실하게 해주마."

"……."

"대신."

"예."

"억울한 사람들 없게. 나처럼……, 알았지?"

"제가 누굽니까?"

박현은 고개를 끄덕이며 미소를 지었다.

*　　　*　　　*

삼도 회사 사장 김도열은 차에서 내리다가 술기운에 비틀거렸다.

"사, 사장님."

차 문을 열고 대기하고 있던 김 기사가 재빨리 그를 부축했다.

"오늘도 많이 늦어버렸구먼. 미안하네."

김도열 사장은 자신을 부축해준 김 기사를 보자 미안한 마음이 생겼다.

"아이구, 아닙니다. 사장님."

환갑이 다 되어가는 김 기사가 어쩔 줄 몰라 하는 표정을 보이자 삼도 회사 사장인 김도열은 지갑을 열어 오만 원권 2장을 꺼냈다.

"자, 이거."

"아닙니다, 사장님."

"아니야. 가다가 통닭이라도 두어 마리 사서 집에 들어가. 가끔 가장 체면도 살려야지. 어서 넣어."

"가, 감사합니다."

김 기사는 머뭇거리다가 두 장의 지폐를 공손히 받아들었다.

"늦었다. 어여 들어가. 안전 운전하고."

"그럼 내일 아침에 뵙겠습니다."

김 기사는 허리를 숙였다.

김도열 사장은 손을 흔들며 몸을 돌렸다.

푸른 잔디가 깔린 마당을 걷는 그의 몸은 제법 비틀비틀거렸다.

"사, 사장……."

김 기사가 재빨리 다가와 부축하려 했다.

"됐어. 어여 들어가기나 해."

"예."

김도열 사장이 비틀거리며 현관문 앞까지 걸어가자 때맞춰 아내가 문을 열고 밖으로 나왔다.

"나 왔어."

아내는 김도열 사장을 부축했다.

"수고했어요."

그녀는 김도열 사장과 달리 조금은 차갑게 김 기사를 대하며 뒤도 안 돌아보고 현관문을 닫았다.

그녀는 힘에 부친 듯 끙끙거리며 그를 소파에 앉혔다.

"오늘 어떻게 되었어요?"

그가 술에 취한 건 보이지 않는 모양이었다.

"뭐가?"

"뭐긴 뭐예요? 오늘 회장님 만나신 거요."

"아~ 아~."

김도열 사장은 무슨 말뜻인지 깨달았는지 고개를 끄덕였다.

"어떻게 되었냐구요?"

아내는 김도열 사장을 재촉했다.

"후우―."

김도열 사장은 술에 취해 흐릿한 눈으로 아내를 올려다보았다.

"왜, 왜? 잘 안 되었어요?"

재촉하는 아내의 얼굴이 선명해졌다가 다시 흐려졌다.

"꿀물 좀 갖다 줘."

"지금 꿀물이 중요해요?"

신경질적인 목소리가 터져 나왔다.

"여……."

화가 치밀어 올라 소리를 지르려던 김도열 사장은 욕심을 이기지 못해 아귀처럼 보이는 그녀의 표정을 보자 축 처지듯 힘을 풀었다.

"잘되었어."

"저, 정말요?"

"그래. 회장님께서 이번 신형 차에 들어갈 시트를 전적으로 맡아서 하라더군."

"어머! 어머!"

아귀처럼 일그러졌던 아내의 얼굴이 언제 그랬냐는 듯 화사하게 바뀌었다.

"그래서요?"

"뭐가 그래서야."

"아이구, 술이 취해서 안 되겠네. 잠깐만요."

그녀는 종종걸음으로 부엌에 가더니 이내 얼음이 동동 띄워진 꿀물을 한 사발 내왔다.

"꿀물 먹고 정신 좀 차려 봐요."

손에 들린 꿀물을 보자 김도열 사장은 피식 헛웃음을 삼켰다.

"어여 마셔요."

"그래, 마셔야지."

김도열 사장은 아내를 잠시 쳐다보다 꿀물을 벌컥벌컥

들이켰다.

"그래서요? 또 다른 말은 없었어요?"

빈 잔을 빼앗듯이 받아든 그녀는 바투 다가앉아 다시 재촉했다.

김도열 사장은 그런 아내를 한참이나 쳐다보았다.

"이 양반이. 아직 술에서 덜 깼나. 얼른 정신 차리고……."

"아니야. 안 취했어."

"안 취했다는 양반이."

김도열 사장은 혼자 편하게 쉬고 싶다는 생각이 들었다. 그러려면 그녀가 원하는 걸 들려줘야 자신을 편히 놔둘 터.

"본격적으로 사업을 키우라고 하셨어. 물량 전부는 힘들어도 적어도 절반 정도는 밀어준다고."

"저, 정말요?"

생각보다 큰 제안이라 놀랐던지 그녀는 눈을 몇 번 껌뻑이더니 이내 세상을 모두 가진 것처럼 환하게 기뻐했다.

"그럼."

"1차 하청 회사가 되는 거지."

그녀가 원하는 말을 다 해준 김도열 사장은 비틀거리며 소파에서 일어났다.

"나 좀 쉴게."

"그래요. 힘드실 텐데 어서 쉬어요."

아내는 호호거리며 그를 부축했다.

"우식이는?"

그러고 보니 시간이 늦었기는 하지만 이제 밤 11시다.

"……그게."

아내는 은근슬쩍 김도열 사장의 눈치를 봤다.

"도, 도서관……."

"어디 나이트에서 술이나 처마시고 있겠구만."

"진짜예요."

그녀가 목소리에 힘을 줬다.

"여보."

"……."

"언제까지 오냐오냐해 줄 참이야?"

이윽고 김도열 사장은 화를 터트렸다.

"그러게 사장 아들이라는 애를 생산직 말단으로 넣으래요?"

그러자 그녀도 작심한 듯 입을 열었다.

"뭐야?"

아내의 말에 김도열 사장은 그녀의 부축을 뿌리쳤다.

"회사가 옛날처럼 작은 것도 아니고 하다못해 과장이라든가."

"이 여편네가 미쳤어? 뭐, 과장?"

"어차피 회사 물려받는다고 해도, 그깟 생산직 일을 경험해봐야 뭘 경험한다고……."

"뭐 그깟 생산직?"

김도열 사장의 목소리가 높아졌다.

"그리고 누가 회사를 물려준다고 그래? 어?"

그러더니 이내 목소리가 냉정하게 가라앉았다.

"뭐, 뭐예요?"

당황한 듯 아내는 말을 더듬었다.

"아니 우식이가 회사를 안 물려받으면 누가 물려받는다고 그래요! 이제 우리에게 남은 건 우식이뿐인데!"

"……."

"그리고 혈기왕성할 나이에 술 좀 마시고 여자 좀 만나는 게 뭐가 그리 큰 흠이라고 그래요. 그리고 그렇게 방황하는 게 다 당신 때문인 거 몰라요? 아버지가 사장인데, 기름밥이라니! 누가 알까 부끄러워……."

"닥치지 못해!"

김도열 사장이 소리를 버럭 지르자 아내는 순간 입을 꾹 닫았다.

"똑바로 교육해. 매일 술에 계집질로 허송세월하면 유산한 푼 없을 거야!"

"당신 미쳤어요? 이 회사를 누가 키웠는데. 거렁뱅이나 다름없는 고학생이었던 당신이 지금 누구 때문에 그 자리에 앉았는데! 뭐가 어쩌고 저째?"

김도열 사장의 눈빛이 싸늘하게 바뀌었다.

그 눈빛에 아내는 흠칫했다.

"혜자야."

김도열 사장의 싸늘한 눈빛은 이내 측은하게 바뀌었다.

"너 왜 이리 변했니?"

"내, 내가 무슨……."

"하긴 그게 다 너만의 잘못은 아니겠지."

김도열 사장은 침실로 향하던 걸음을 돌려 서재로 들어가 문을 쾅 하고 닫아버렸다.

달깍 달깍 쾅쾅!

"여보! 여보!"

밖에서 문을 열려고 했지만 안에서 잠근 터라 요란한 소음만 만들어질 뿐이었다.

"내가 뭘 잘못했다고 그래! 다 우리가 잘되자고 그런 거잖아! 그래서 이렇게 떵떵거리며……."

김도열 사장은 그녀의 목소리를 더는 듣고 싶지 않아 오래되고 먼지 앉은 전축(電蓄)에 전원을 넣고 볼륨을 높여 켰다.

쿵~ 쾅! 쿵~ 쾅!

젊었을 적 즐겨 듣던 락 음악이 방문 밖에서 들려오는 소음을 지웠다.

"휴우―."

김도열 사장은 목을 갑갑하게 죄는 넥타이를 풀며 의자에 털썩 주저앉았다.

그렇게 멍하니 음악을 듣다 서랍을 열었다.

두툼한 서류를 들추자 자그만 액자 하나가 있었다.

그 액자에는 초등학생으로 보일 법한 어린 소녀가 환한 미소를 짓고 있었다.

"너는 그곳에서 행복하니?"

김도열 사장은 평생을 함께할 친구가 생겼다며 좋아하던 딸의 모습이 떠올랐다.

비록 죽음조차 알지 못하고, 좋아서 방방 뛰던 딸의 혼이.

'깊은 죄는 이 애비가 안으마.'

멋모르고 딸의 손을 잡고 환한 웃음을 짓던 소년의 모습 또한 떠올랐다.

딸아이가 좋아하던 동급생이었다.

그때는 몰랐었다.

그 아이를 죽인 게 아내라는 것을.

아니 자신도 그 아이를 죽였다.

영혼결혼식이 무엇인지 알아차렸을 때, 말릴 수 있었다. 그때 뭔가 눈에 쓰였는지 하지 않았었다.

그리고 딸의 죽음을 잊기 위해.

아니 돈과 성공에 눈이 멀어.

어느 부모든 매한가지다. 그러기에 자신과 같은 아픔을 겪는 이들에게 접근해 회사를 키웠다.

그렇게 보란 듯이 성공했지만 행복은 없었다.

남은 건 죄책감뿐이었다.

'휴우—.'

아내 탓을 하지만 실은 자신이 죽일 놈이었다.

깊은 후회가 담긴 눈물 한 방울이 액자 위로 뚝 떨어졌다.

"이런."

깨끗하던 유리창이 눈물로 얼룩이 지자 김도열 사장은 얼른 손을 뻗어 입김을 호호 불며 넥타이로 다시 깨끗하게 닦아냈다.

《그래도 지 자식이 귀한 모양이야.》

"……!"

김도열 사장은 낯선 목소리에 흠칫 몸이 굳어버렸다.

신경을 기울이자 귀가 아플 정도로 쿵쾅거리는 음악 소리가 들려왔다.

"누구요?"

소리 내어 불렀지만, 워낙 큰 음악 소리에 자신의 목소리마저 지워졌다.

착각인가 싶었지만 그러기에는 너무나도 선명한 목소리였다.

김도열 사장은 딸의 사진을 다시 서랍에 넣고는 조용히 골프채 하나를 뽑아들며 몸을 일으켰다.

그리고는 방 안을 둘러보았다.

《김도열 사장.》

"……!"

김도열 사장은 또렷한 목소리에 고개를 돌렸다.

구석진 곳에서 흐릿한 그림자가 서 있었다.

"누, 누구……."

《도해 법사에 대해 잘 알지?》

인간의 목소리가 아닌 전음이었지만 긴장한 김도열 사장은 그 사실조차 인지하지 못했다. 아니 그 이름을 듣자마자 번개라도 맞은 듯 몸을 부르르 떨었다.

"너 누구야?"

김도열 사장은 위협하듯 골프채를 치켜세웠다.

《나?》

한 명의 사내가 뚜벅뚜벅 걸어 나왔다.

《경기남부지방경찰청, 제3광역수사대 팀장 박현.》

경찰이라는 말에 김도열 사장은 어느 긴장감이 풀린 듯 골프채를 내렸다.

"경찰이 이렇게 함부로 자택에 침범해도 되는 것이오! 내 정식으로 항의……."

박현은 순식간에 거리를 좁혀 김도열 사장 앞에 섰다.

"컥!"

그리고는 그의 목을 움켜잡아 허공을 들어올렸다.

《우리 이십 년 전 사건에 대해 이야기 좀 나눌까?》

"껙— 껙—, 너 이러고도 무사할 줄 ……알아?"

《내 걱정보다는 그대 걱정을 해야 할 거야. 왜냐하면.》

박현의 눈에서 황금빛이 스물스물 피어났다.

《너는 이제 지옥을 볼 테니까.》

"크르르르."

박현의 목에서 짐승의 울음이 낮게 울렸다.

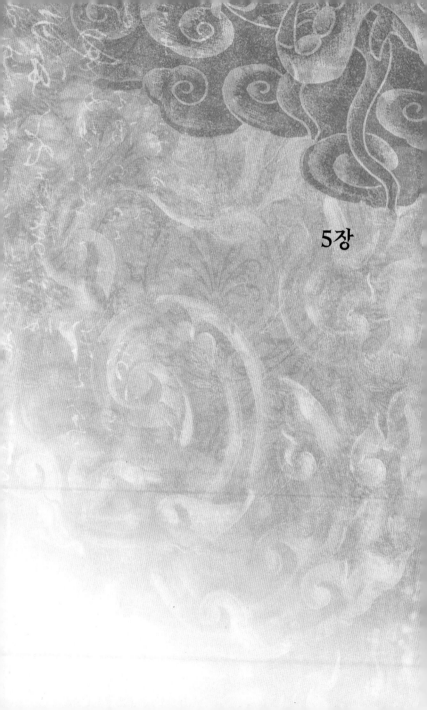

5장

콰당탕탕—

박현이 김도열 사장의 목을 놓자.

"으아—."

김도열 사장은 허겁지겁 골프채를 다시 잡아들었다. 그리고는 냅다 박현의 머리로 휘둘렀다.

퍽!

시끄러운 음악 소리마저 뚫고 들릴 정도로 엄청난 파음이 만들어졌다.

그 파음이 얼마나 섬뜩했던지 김도열 사장은 순간 박현의 머리가 터지는 걸 상상했다. 그에 골프채를 바닥에 떨어뜨리며 주춤 뒷걸음쳤다.

"내, 내 잘못이 아니야. 이게 다 너……."

횡설수설하다가 여전히 서 있는 박현을 보자 눈이 동그랗게 떠졌다.

그제야 특이한 무언가가 단숨에 김도열 사장의 눈을 사로잡았다.

그건 바로 어둠 속에서 빛나는 황금빛을 담은 눈동자였다.

김도열 사장은 취기에 잘못 본 것인가 싶어 손을 들어 눈을 비볐다. 그리고 눈에 힘을 줘 다시 박현을 쳐다보았다.

"헙!"

잘못 본 게 아니었다.

"으으으―."

그런데 황금빛 눈을 보고 있자니 마치 심해에 빠진 것처럼 숨을 쉴 수 없었다.

아니 심해가 아니다.

꿈쩍도 할 수 없는 좁은 공간, 이를테면 관짝?

아니!

그냥 산 채로 땅에 파묻혀 서서히 숨이 끊어져 가는 그런 느낌이었다.

"어, 어떻게…… 인간이 그런 눈빛을……."

김도열 사장은 안쓰러울 정도로 가쁜 숨을 몰아쉬며 겨

우겨우 입을 열었다.

《이십 년 전에는 도해 법사가 인간이었던 모양이군.》

그 말에 김도열 사장은 머릿속에 무언가가 쿵하고 내려앉았다.

애써 잊고 있던 기억.

아니 외면했던 기억.

"어때요? 새로 얻은 몸인데……. 괜찮아 보입니까?"

스물 안팎으로 보이는 청년이 캐주얼 양복에 그와 어울리지 않는 부채를 활짝 펼쳤다.

"처, 청장님. 이게 무슨……."

"이런, 김 사장은 몰랐었지? 얼굴과 몸이 달라졌지만 도해 법사이시네."

"네? 그게 무슨, 어떻게 사람이 얼굴과 몸이……."

김도열 사장이 어리둥절해하며 청장을 바라보자 그는 도해 법사를 슬쩍 쳐다보았다.

"별거 아니에요."

도해 법사가 그의 맞은편에 앉았다.

"……그게 무슨 말씀이신지?"

김도열 사장은 어려진 도해 법사의 모습이 영 적응이 되지 않았다.

"별거 아니에요. 결혼식 하고 남은 육신을 제가 쓰는 거죠."

"예?"

"그냥 그때그때 옷 갈아입는다 생각하시면 됩니다. 어차피 저는 여기에 있으니까."

도해 법사는 부채로 자신의 머리를 톡톡 쳤다.

인간의 육신을 그저 옷처럼 생각하다니.

장난기 어린 미소에 김도열 사장은 순간 섬뜩함을 느꼈다.

아마 그때부터였던 것 같았다.

차츰 그들과 거리를 두기 시작한 것이.

"흐음."

묵직한 침음에 김도열 사장은 상념에서 깨어났다.

"청장이라. 가볍게 인사하러 왔는데 뜻하지 않은 정보를 얻고 가는군."

"예?"

김도열 사장은 고개를 들며 저도 모르게 반문했다.

"……!"

그러다 상념에서 완전히 깨어나자 저 말뜻을 무얼 뜻하는지 알게 되었다.

"아, 아니 그걸 어떻게."

박현은 그런 김도열 사장을 보며 피식 웃으며 품에서 봉투 하나를 꺼내 그에게 툭 던졌다.

"참고인 출석 요구서야. 내일 아침에 출두해."

"무, 무슨 말씀인지……. 아니, 지금 이게 무슨 절차……."

박현은 김도열 사장의 가슴을 발로 지그시 밟았다.

"이봐, 김 사장."

"끄으으."

발에 밟힌 김도열 사장은 가슴을 짓누르는 엄청난 압박에 겨우겨우 숨만 내쉴 뿐이었다.

"지금 본인이 부탁하는 거 같나?"

박현은 그의 가슴을 더욱 강하게 누르며 허리를 숙여 얼굴을 좀 더 가까이 가져갔다.

"이면에 대해서도 알지?"

"……!"

말은 안 했지만, 박현은 미묘한 표정의 변화로 그가 알고 있음을 알아차렸다.

"선택은 그대 몫이야. 혼자 지옥을 볼지, 아니면 가족 모두 함께 지옥을 볼지. 아~, 정정."

박현은 입꼬리를 차갑게 말아 올렸다.

"악업은 그대 혼자가 아니지."

그 말에 김도열 사장의 눈동자가 흔들렸다.

"그대의 아내와 함께 지옥을 볼지, 아니면 하나뿐인 아들까지도 지옥을 보여줄지."

박현은 그의 멱살을 잡아 얼굴 앞으로 잡아당겼다.

"본인은 말이야, 연좌제를 제법 좋아하거든."

쿵!

박현은 그를 다시 바닥으로 집어던졌다.

"내일 아침 10시까지 출두해."

팟—

그 말을 끝으로 박현은 사라졌다.

째깍— 째깍— 째깍—

레코드 판이 다 돌아갔는지, 어느새 음악 소리는 멈춰 있었다.

시끄러운 음악을 시계의 초침이 대신하고 있었다.

띠띠띠— 덜컹.

얼마의 시간이 흘렀을까, 고요한 정적을 깬 것은 조심스럽게 열리는 현관문 소리였다.

보나 마나 망나니짓을 하는 아들, 우식일 것이다.

"본인은 말이야, 연좌제를 제법 좋아하거든."

"아, 안 돼!"

아무리 미운 놈이라고 해도, 하나뿐인 자식이었다.

"그대의 아내와 함께 지옥을 볼지, 아니면 하나뿐인 아들까지도 지옥을 보여줄지."

'우식이만은 지켜야 해!'

망나니짓을 하며 다니는 아들이지만, 그래도 아들이었다. 하나뿐인!

'그래, 나랑 와이프만……'

순간 생각이 멈췄다.

멍하니 아무런 생각이 들지 않았다.

그의 머릿속에 아내인 정혜자의 얼굴이 선명하게 떠올랐다.

욕심으로 가득 차 꼴 보기 싫은 얼굴이 차츰차츰 어려지며, 딸이 죽고 영혼결혼식을 위해 울고불고 고래고래 지르는 십오 년 전의 얼굴이 잠시 스쳤다가 풋풋하고 수려했던 스무 살의 얼굴까지.

"내가! 내가 나 혼자만 잘 살자고 이런 줄 알아요!"

"내가 뭘 잘못을 그리했는데!"

"여보! 우리 딸! 우리 딸! 그냥 이렇게는 못 보내요! 그 어린 것을!"

"오빠. 여기 우리 애가 있어요."

"네, 우리 결혼해요."

"선배, ……사귈래요?"

"끄으으으."

김도열 사장은 무릎 사이에 얼굴을 파묻고 몸을 달달 떨며 신음을 연신 내뱉었다.

불안하게 떨던 그의 몸이 어느 순간 딱 멈췄다.

고개를 드는 김도열 사장의 얼굴은 달라져 있었다.

서글서글하던 인상은 온데간데없고, 같은 사람이 맞나 싶을 정도로 험악하게 일그러져 있었다.

그는 품을 뒤져 폰을 꺼내들었다.

그리고 어디론가 전화를 걸었다.

"오랜만입니다, 청장님."

척—

박현이 조완희를 향해 손을 내밀었다.

"젠장."

조완희는 구시렁거리며 오만 원 두 장을 박현의 손바닥 위에 때리듯 쥐여 주었다.

"분명 개과천선한 걸로 보였는데. 끄응."

"내가 말했지? 사람은 쉽게 안 바뀌어."

박현은 저 멀리 창문 너머로 통화를 하는 김도열 사장을 보며 서슬 퍼런 눈을 띠었다.

"선화야."

"네."

"누구랑 통화하는지 봤지?"

"임만재라고 적혀 있대요."

"임만재."

박현은 차갑게 웃음을 지었다.

"자, 먹잇감이 먹이를 물었으니 돌아가자. 날 밝으면 사냥 시작해야지."

김도열 사장을 노려보는 박현의 황금빛 눈동자는 더욱 짙어졌다.

*   *   *

박현은 의자에 기댄 채 10시로 열심히 달려가는 벽시계를 쳐다보고 있었다.

"자."

신동진 경사가 의자 하나를 끌어와 서류 한 장을 넘겼다.

"생각보다 누군지 찾기 쉽더라고."

박현은 서류를 받아들어 읽어 내려갔다.

"이야, 경찰청장까지 하신 분이시네."

"너는 모르겠지만, 엄청난 분…… 아니 새끼였어."

"어쩐지 어디서 들어본 이름 같더니."

"어쨌든 청장님, 아니. 이거 영 '청장'이라는 호칭이 입에 붙어서."

"뭘 그런 걸 신경 쓰세요. 어떻게 부르든 제가 알아서 '개새끼'라고 정정해서 들을 테니까."

"크크크."

그 말에 신동진이 낮게 웃음을 터트렸다.

"김도열이랑 겹치는 건 이때야."

신동진은 그의 이력 한 줄을 손가락으로 콕 찍었다.

"안산경찰서 서장?"

"지금이야 어엿한 중견 기업이지만, 그 당시 김도열은 안산시에서 자그만 공장 하나 돌리고 있었어. 그리고 그때 사건을 덮은 게 청장…… 새끼가 분명해."

박현은 임만재에 대한 걸 모두 읽은 후 고개를 돌렸다.

"이 새끼 포주야."

"풉!"

박현은 그만 웃음을 참지 못하고 내뱉었다.

"왜? 내 말이 틀려?"

"아니요. 너무 잘 맞아서 그렇습니다. 우리 형님 감 안 죽었네."

"인마, 내 형사 짬밥만 쳐도 네 나이보다 많아."

박현은 슬쩍 턱을 들어 보이는 신동진을 쳐다보았다.

"왜 그렇게 쳐다봐?"

"아닙니다."

박현은 웃으며 시선을 거뒀다.

"나는 괜찮아. 어차피 나이도 먹었고. 비록 현장은 뛰지
못해도, 이건 이거 나름대로 할 만해. 나중에 나이 먹었다
고 내쫓지나 마라."

"형님도, 참."

박현은 고개를 돌렸다.

"누구 사람 추적 잘하는 사람?"

"사람 하나, 여우 한 년 있다."

"귀신 부려 먹고 사는 주제에. 뭐 여우 한 년?"

비형랑의 말에 팔미호 미랑이 발끈했다.

"어쭈, 많이 컸다."

"크기는 너보다 일찍 컸거든요. 나이도 어린 것이."

"지금 나이 이야기는 왜 나와? 언제 신하고 인간이 나이
따졌다고."

비형랑은 미랑에게 성큼성큼 다가가 얼굴을 마주하고 으
르렁거렸다.

"잘한다, 잘해."

박현이 혀를 차자 둘이 찔끔 어깨를 떨었다.

"둘 다 이리 오기나 해."

둘은 서로 팔꿈치를 툭툭 건들며 신경전을 벌이면서 박현에게로 다가왔다.

박현은 둘에게 임만재 전 경찰청장의 인적사항을 넘겼다.

"둘은 가서 이 새끼 신원 확보해봐."

"그러지."

"알았어요."

"애들처럼 싸우지 말고."

그 말에 둘은 다시 움찔거렸다.

박현은 그 모습에 피식 웃으며 벽시계를 쳐다보았다.

시계 분침은 10시 정각을 넘어 10분을 향해 달려가고 있었다.

"연좌제 좋지."

박현은 입꼬리를 말아 올리며 정호성 비서실장에게 전화를 걸었다.

"나야. 임만재라고 오륙 년 전에 퇴임한 경찰청장 있어. 구속영장 발부해."

*　　*　　*

　"나야. 임만재라고 오륙 년 전에 퇴임한 경찰청장 있어. 구속영장 발부해."

　《누구 앞으로 할지 여쭤봐도 되겠습니까?》

　경찰이 구속영장을 청구할 수 없다.

　"왜, 아는 사람 있어?"

　뜨끔했는지 잠시 아무 말이 없었다.

　"있군."

　《죄송합니다.》

　"죄송은. 누구야? 키워주고 싶은 검사가?"

　점찍어둔 검사가 있기는 하지만, 큰 인연이 아니기에 상관없었다.

　《……제 처남입니다.》

　피식 웃음이 터져 나왔다.

　어제 국정원 오 부장에게 연락이 왔었다.

　정호성 비서실장이 다녀갔다고.

　제 딴에는 이래저래 알아본다고 설치다가 국정원 오 부장까지 찾아간 모양이었다.

　하긴 그 자리면 국정원 내의 정보도 어느 정도 알아볼 수 있을 터. 어쨌든 오 부장이 적당히 구슬려 돌려보냈다고 하더니, 아예 딴생각을 못 하도록 구슬린 모양이었다.

"괜찮겠어?"

《견마지로를 다할 것입니다.》

견마지로 단어까지 쓰는 걸 보면 결심을 확고하게 세운 모양이었다.

"견마지로는 아부 좋아하는 정치인들에게나 하고. 시키는 것만 똑바로 하면 돼."

《명심하겠습니다. 아니 꼭 그리 전하겠습니다.》

"근데 처남이라는 검사는 지금 어디 지청에 있나?"

《수원지방검찰청에 있습니다.》

"수원?"

《인연이 닿으려는 듯 마침 수원에 있습니다.》

"코스는?"

《예?》

"귀족검사[1]냔 말이야."

《아닙니다.》

"자세한 건 그 치한테 듣지. 영장 발부받아서 찾아오라고 그래."

《가, 감사합니다.》

박현은 전화를 끊었다.

한 시간 후.

마흔 중반쯤 되어 보이는 사내가 이선화의 안내를 받으며 사무실로 들어왔다. 그가 누구를 찾는지 잠시 두리번거렸다.

"여기야."

그 모습에 박현이 손짓으로 그를 불렀다.

그러자 사내는 재빨리 뛰어와 허리를 넙죽 숙였다.

"안녕하십니까! 고천욱이라고 합니다."

"목 아프니까 앉아."

"옙."

고천욱 검사는 근처 의자를 가져와 공손히 앉았다.

박현은 가타부타 말없이 손을 까딱였다.

그러자 고천욱 검사는 재빨리 품에 끼고 있던 서류를 두 손으로 건넸다.

박현은 서류를 살피기 시작했다.

"뇌물수수?"

박현은 죄명을 살폈다.

"처음에 살인교사로 가려 했지만……."

그는 슬쩍 주변의 눈치를 살폈다.

"괜찮아. 그냥 편히 이야기해."

"이면의 살인이라 외부적으로 발표되지 않을 수도 있다 싶었습니다."

"그래서 편하게 뇌물수수로 일단 간다?"

"예."

탁—

박현은 서류를 덮었다.

"고천욱이라고 했던가?"

"예."

"직책은?"

"부부장검사입니다."

"라인 못 탔으니, 부장검사가 아마 끝이겠군."

"……그렇습니다."

고천욱 검사는 입술을 지그시 깨물며 대답했다.

"고 검사."

박현은 그런 그를 불렀다.

"내가 꽃길을 깔아줄까?"

그 말에 아래로 떨어졌던 고천욱 검사의 고개가 다시 불쑥 올라왔다.

고천욱 검사의 눈이 파르르 떨렸다.

쾅당탕탕—

앉고 있던 의자가 뒤로 나뒹굴 정도로 고천욱 검사는 자리에서 벌떡 일어났다.

"충성을 다하겠습니다."

"충성 따위는 필요 없어."

"예?"

"비서실장에게서 못 들었나?"

"……?"

"시키는 일만 잘해. 그거면 돼. 알았어?"

"옙!"

박현은 그의 어깨를 두들기며 비형랑에게 전화를 걸었
다.

"어디냐?"

《여기? 임 청장인가 전 청장인가 그놈 집 앞.》

"다행히 집에 있는 모양이네?"

《그렇긴 한데.》

"한데?"

《이 새끼 우습잖게 어중이떠중이 모아놨네. 뒤질라고.》

"그건 또 무슨 소리야?"

《이면 놈들이 대여섯 있다.》

"그래?"

《……》

"갈 때까지 잘 살피고 있어. 곧 가마."

박현은 전화를 끊으며 암적을 불렀다.

"헙!"

바로 옆, 책상이 만들어낸 그림자에서 암적이 스으— 모습을 드러내자 고천욱 검사는 놀라 헛바람을 들이마셨다.

"준비는?"

"다 됐소."

"그럼 출발할까?"

박현은 고천욱 검사의 어깨에 손을 턱 얹으며 팀원들을 향해 말했다.

*　　*　　*

서울 연희동 주택가.

높은 담벼락

아스팔트가 깔린 넓은 골목길.

그 주택가로 검은 대형 세단이 미끄러지듯 멈춰 섰다.

"이야~. 집 한번 좋네."

박현은 높은 담과 두텁게 보이는 대문을 보며 휘파람을 슬쩍 불며 차에서 내렸다. 이어 조수석에서 고천욱 검사가 내리자 멀리서 이 집을 지켜보던 비형랑과 미랑도 모습을 드러냈다.

"아직 안에 있지?"

비형랑이 고개를 끄덕이자 박현이 대문으로 걸어갔다.

"저, 아직 다들 안 왔습니다."

차를 타고 온 건 둘뿐이었다.

"나머지는 따로 할 일이 있어서 다른 곳에 보냈어."

"예."

박현은 대문 앞에 서서, 초인종을 눌렀다.

띵똥~ 띵똥~

벨 소리가 여러 번 울렸지만 응답은 없었다.

"있는 거 맞아?"

"크크크. 지금 화들짝 놀랐다가 숨 죽였다."

비형랑이 귀신과 동화했는지 그의 눈은 회백색으로 빛나고 있었다.

"어라?"

"왜?"

"이상한 놈이 둘이나 있네."

"둘?"

박현은 고개를 갸웃거렸다.

"하나는 김도열이 같은데……. 뭐 들어가 보면 알겠지."

박현은 비형랑을 쳐다보았다.

"비형랑. 문 좀 열어줘."

"문?"

"귀신 보고 안에서 열라고 해."

그 말에 비형랑이 의외라는 표정을 지어 보였다.

"왜?"

"그냥 부수고 들어갈 줄 알았는데."

"그래도, 남들 보는 대문은 좀 그렇지."

"크크크크."

비형랑은 장난기 어린 웃음을 보이며 입술을 달싹거렸다.

달깍— 끼익!

그리고 대문이 열렸다.

"비형랑, 혹시 모르니까 우리 영감 잘 지켜줘."

"영감?"

"검사를 영감이라고 불러. 높으신 분이잖아."

"아아~."

박현은 기지개를 쭉 켜며 몸을 풀었다.

"들어가 볼까?"

박현은 대문을 열고 안으로 들어갔다.

가장 눈에 들어온 건 반 층쯤 될 법한 계단이었다. 박현은 돌계단을 밟고 정원으로 올라섰다.

발걸음 소리에 테라스 파라솔 아래 앉아 있던 두 명의 사내가 고개를 돌려 박현을 쳐다보았다.

"문 열어놨었어?"

"아니. 닫혀 있는 거 조금 전에 확인했었는데."

둘은 짧게 대화를 나누더니 자리에서 일어났다.

"너 뭐야?"

박현은 위압적으로 성큼성큼 다가오는 두 사내를 쳐다보았다.

"이야! 누가 보면 경호원인 줄 알겠어."

박현은 검은 양복을 보며 말했다.

그러자 두 사내는 박현을 향해 가소로운 듯 비릿한 웃음을 드러냈다.

"어떻게 들어왔는지 모르겠지만, 가라. 죽고 싶지 않으면."

"어디 보자."

박현은 품을 뒤져 경찰 신분증을 꺼내 사내 앞에 흔들었다.

"그래서 뭐?"

검은 양복을 입은 사내는 콧방귀를 뀌며 박현에게 미약한 살기를 흘려보냈다.

"이봐. 경찰 양반. 이런 게 우리한테 통한다 보여?"

사내는 박현의 신분증을 손을 툭 쳤다.

"이거 막 일반인한테 이래도 되나 몰라?"

박현은 날아가 잔디 위에 툭 떨어지는 신분증을 잠시 쳐다본 후 다시 사내들을 쳐다보았다.

"이 새끼들. 어디 소속이야?"

"우리가 깡패로 보이냐?"

사내들은 좀 더 짙은 살기를 내뿜었다.

그 살기에 일반인이라면 주눅이 들어야 하건만, 오히려 박현이 입꼬리를 서서히 말아 올리자 두 명의 사내는 뭔가 이상함을 깨달았다.

"너는 내가 일반인으로 보이는 모양이지?"

"……!"

박현은 훅을 날리듯 앞에 선 사내의 머리를 손바닥으로 후려쳤다.

콩!

도저히 사람이 만들어낸 소리라고는 믿기 어려운 엄청난 파음이 터졌다. 뺨을 맞은 이는 그 자리에서 두어 바퀴 돌다가 목이 꺾인 채 바닥으로 쓰러졌다.

"일반인이 아니구나!"

촥!

다른 사내가 재빨리 뒤로 물러나며 품에서 군사용 대검을 꺼내들었다.

"공무집행방해죄, 그리고…… 불법무기소지죄."

박현은 발로 쓰러진 사내의 품을 뒤적였다. 그 사내의 옆구리에도 대검이 꽂혀 있었다.

"뭐 상관없나? 너희가 일반인들도 아니고."

박현은 대검을 든 사내를 바라보며 짙은 미소를 지었다.

"죽엇!"

쑤아아아악!

사내는 단숨에 거리를 좁히며 박현의 목을 향해 단검을 찔러왔다.

그 순간 박현의 눈에서 황금빛 안광이 터졌다.

그리고 검은 기운이 그를 잡아먹었다.

"꺼억! 끄으으."

그저 살기만으로도 사내는 몸을 부르르 떨며 무릎이 바닥으로 꺾였다.

"비형랑, 뒤처리 좀 해 줘."

"오케이."

박현은 그 말을 들으며 커다란 저택 현관문으로 향했다.

끼익—

의외로 현관문은 잠겨 있지 않았다.

문을 열고 안으로 들어가자 세 명의 사내들이 앉아 있었다.

이미 한 번 본 김도열 사장.

그리고 사진으로 본 임만재 전 경찰청장.

그리고…….

"이야~."

박현의 입에서 비꼬는 감탄사가 흘러나왔다.

"여기서 경찰청장님을 볼 줄 몰랐습니다."

"너 뭐하는 놈이야!"

현 경찰청장, 박원호는 박현에게 삿대질을 하며 고함을 버럭 질렀다.

"이거 참."

박현은 머쓱한 듯 손으로 머리를 긁었다.

"너 이 새끼, 경기남부라고 했지? 서장 이 새끼를……. 당장 서장 부르지 못해!"

그 모습에 박원호 현 경찰청장은 더욱 강하게 목소리를 키웠다.

"이 새끼, 참으로 눈치가 없네."

박현은 박원호 경찰청장을 향해 손을 내밀었다. 그러자 검은 기운이 밧줄처럼 흘러나와 박원호 경찰청장의 목을 휘감았다.

"컥!"

우당탕탕— 타당—

그러자 검은 기운이 그를 가차 없이 잡아당기자 박원호 경찰청장의 몸은 이리저리 의자며 탁자에 부딪히며 박현 앞으로 날아왔다.

"감이 이리도 없을까, 우리 존경하는 청장님."

"끄으."

"하긴 죽고 싶으면 뭔 짓을 못 할까."

박현은 청장을 지그시 바라보며 이죽거리다가. 옆으로 수도(手刀)를 휘둘렀다.

쑤아악— 퍼석!

그러자 은밀하게 다가오던 사내의 목이 떨어지며 핏물이 튀어 올랐다.

*용어

1) 귀족검사: 서울이나 수도권 주요 보직만 순회하며 근무하는 검사.

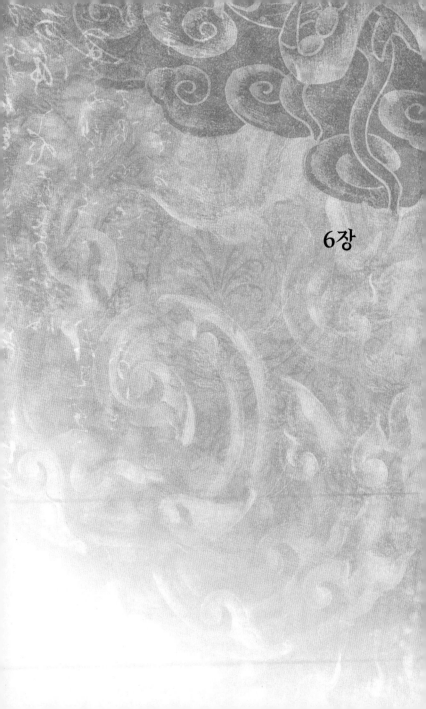

6장

"뭐, 뭣들 하는 게야? 어서 저 형사 새끼 죽이지 않고!"

임만재 전 청장은 벌겋게 달아오른 얼굴로 박현을 손가락으로 가리키며 소리를 버럭 질렀다.

"안 그래도 나서려 했었소."

얼굴에 칼자국이 선명한 사내가 뚜벅뚜벅 걸어 나왔다.

검은 양복에 깍두기 머리, 우람한 덩치를 가진 그는 경호원보다는 조폭처럼 보였다.

"형사 양반."

그는 껄렁껄렁하게 걸어와 박현 앞에 섰다.

"어디서 알량한 무예 하나 익히고 정의감에 설치는 모양인데, 그러다 쥐도 새도 모르게 죽어."

"낄낄낄."

"크크크크."

주방과 테라스 쪽에서 조소를 잔뜩 머금은 웃음이 터져나왔다. 시선을 돌려보니 두 명의 사내가 날이 시퍼렇게 선장검을 어깨에 턱 걸친 채 자신을 바라보고 있었다.

쿡쿡!

뭔가 배를 찌르기에 시선을 아래로 내렸더니 깍두기 머리의 사내가 단검으로 배를 찌르고 있었다.

"형사 양반. 청장님 그만 놔주지. 곱게 죽고 싶으면."

박현의 눈매가 가늘어졌다.

"무예 닦았다고 배가 안 뚫리는 게 아니야. 응?"

쿵!

박현은 박원호 경찰청장의 목을 놓으며 몸을 틀어 그를 정면으로 쳐다보았다.

"컥컥! 선배님."

박원호 경찰청장은 꼴사나운 모습으로 임만재 전 청장에게로 뛰어갔다.

"흑웅! 어서 안 죽이고 뭐 하나!"

임만재 전 청장이 깍두기 머리의 사내, 흑웅에게 어서 죽이라 다그쳤다.

"이거 어쩌나."

흑웅은 이죽이며 단검으로 배를 슬슬 긁으며 목으로 올렸다.

"우리 형사님 바다 좋아하시나?"

흑웅은 비릿하게 입술을 비틀더니 박현의 배를 향해 단검을 밀어 넣었다.

카드득!

"……!"

이질적인 감각에 흑웅이 눈을 살짝 치켜뜨며 시선을 아래로 내렸다.

단검의 칼날이 박현의 손에 쥐여져 있었다.

"이익!"

흑웅이 단검을 비틀며 용을 써봤지만, 마치 바위 속에 갇힌 듯 요지부동이었다.

박현은 다른 손으로 단검을 쥔 흑웅의 손목을 움켜잡아 버렸다.

"꺽!"

달그락 창—

박현이 손아귀에 힘을 주자 흑웅은 고통을 이기지 못하고 단검을 손에서 떨어뜨렸다. 이어 몸을 부들부들 떨며 무릎이 바닥으로 꺾였다.

하지만 그게 끝이 아니었다.

와그작!

박현은 흑웅의 손목을 그대로 바스러트렸다.

"으악! 쓰벌 새끼가 죽엇!"

흑웅은 고통에 식은땀을 흘리면서도 몸을 튕기며 왼손 주먹에 내력을 담아 박현의 얼굴을 향해 휘갈겼다.

하지만 박현의 주먹이 더욱 빨랐다.

콰아앙!

박현은 주먹으로 튕겨져 올라오는 흑웅의 안면을 그대로 내려찍어 버렸다.

"끄아아악!"

안면이 뭉개진 흑웅은 피를 뿌리며 바닥에 다시 처박혔다.

"쯧."

박현은 주먹에 묻은 피를 털어내며 암적을 불렀다.

"다들 유치장으로 끌고 가."

"그러지."

암적의 대답이 끝나기가 무섭게 사방에서 음산한 귀성이 흘러나와 거실을 가득 덮어갔다.

『흐흐흐흐!』

『키키키키키!』

밝은 햇살이 비추는 밝은 거실이 그림자로 가득 차며 갑자기 어두워졌다.

"뭐, 뭐야……. 허억!"

"으아악!"

장검을 든 두 명의 사내는 짙은 어둠, 어둑시니들의 손에 이끌려 단숨에 어둠 속으로 끌려들어 갔다.

그리고 만들어진 정적.

"이제 좀 조용하군."

박현은 잠시 멍하니 자신을 쳐다보는 현 경찰청장과 전 경찰청장을 쳐다보았다.

"너, 너 이러고도 무, 무사할 것 같아?"

박원호 경찰청장.

"무사할 거 같은데."

"자네 지금 이 나라의 공권력을 무시하는 건가!"

임만재 전 경찰청장.

"그건 너희고."

박현은 길길이 날뛰는 둘의 노성을 심드렁하게 받아줬다.

"이렇게 나오면 이면이고 뭐고 다 폭로하는 수가 있어!"

"그럼 누구 손에 죽을까? 내 손은 아니라는 데 한 표."

"이, 이!"

임만재 전 경찰청장은 화를 이기지 못하고 몸을 바르르 떨었다.

"자네, 이러고도 무사할 것 같은가! 내 당장……."

"우리 청장님은 뭘 했던 말을 또 하실까."

박원호 경찰청장의 말에 박현은 이죽거렸다.

"자네 이런다고 달라지는 거 없어. 이면의 일들이 증거로 잡힐 것 같은가? 사건 자체가 만들어질 수가 없어! 헛힘 쓰는 거야!"

그러자 임만재 전 경찰청장이 교묘하게 사건을 호도했다.

"어이, 임만재."

박현이 이름을 부르자, 임만재 전 총장의 눈썹이 꿈틀거렸다.

"누가 인간사로 푼다고 그랬나? 이면의 일이니까, 당연히 이면의 힘으로 풀어야지. 안 그래?"

"이, 이보게!"

당황한 임만재가 박현을 불렀지만.

"암적. 전부 연행해."

『흐흐흐흐!』

『히히히히!』

거실이 다시 어둑시니들의 울음으로 가득 찰 때였다.

"저기, 박현 님."

고천욱 검사가 조심스럽게 다가왔다.

"박 청장은 어떻게 처리할까요?"

"……?"

"구속영장을 신청할지……."

"신청할 거 있나? 그냥 실종 처리하지 뭐."

박현은 박원호 현 청장을 보며 말했다.

"사안 보고 가족들도 실종 처리시키든가……. 아! 아니다."

박현은 갑자기 생각을 바꿨다.

"영장 청구해."

"네?"

"고구마 캐봤어?"

박현이 고천욱 검사의 어깨에 손을 얹으며 물었다.

"캐본 적 없습니다."

"시간 나면 나중에 한번 캐봐."

"……?"

"줄기 하나 잘 잡아서 잡아당기잖아? 그러면 고구마가
줄줄이 끌려 나와요."

박현은 손가락을 총 모양으로 만들더니 박원호 경찰청장
을 쏘는 흉내를 냈다.

"아!"

"어떤 놈들이 딸려 나올까, 궁금하지 않아?"

고천욱 검사는 앞으로 만들어질 미래를 떠올리자 흥분과 긴장감이 교차되었는지 마른침을 꿀떡 삼켰다.

"이면은 내가 처리할 테니까, 인간사는 자네 몫이야."

"견마지……."

"그건 딴 데 가서 찾고. 실망만 시키지 마."

"옙!"

박현은 고천욱 검사의 어깨를 두들겼다.

"영장은 어떤 걸로 엮을까요?"

"그런 건 묻지 말고 알아서 해."

"알겠습니다."

"이왕이면 임팩트가 큰 걸로. 알지?"

"명심하겠습니다."

박현은 마지막으로 한 번 더 소리치듯 명령을 내렸다.

"뭐해? 끌어내지 않고!"

"너! 이러고도 무사할 것 같아? 내 뒤에 누가 있는지 알아?"

　임만재 전 총장.

"그걸 알고 싶어서 이러는 거야."

"공권력뿐만 아니라, 내 뒤에 검계의 높으신 분들도 있어! 보아하니 자네도 검계 쪽 인물인 거 같은데, 그러다 큰일 나!"

"……검계 말입니까?"

박현이 얼굴을 굳히며 물었다.

"그렇네! 이제야 말이 좀 통하겠군. 이거 놓지 못하겠나?"

임만재 전 총장은 신경질적으로 어둑시니를 뿌리친 후, 손으로 구겨진 옷을 매만졌다.

"보아하니 자네도 검계 소속인가?"

"분명 검계라고 하셨습니까?"

"내 거짓말을 하는 것 같은가?"

"아닙니다. 다만 너무 놀라서."

"소속은 어딘가?"

"그것보다 어느 분이 뒤를 봐주시는지…… 여쭤봐도 되겠습니까?"

박현의 말에 임만재 전 총장이 고개를 저었다.

"함부로 입에 담을 분이 아니시네."

박현의 눈매가 가늘어졌다.

"허나, 내 그분께 말씀을 올려……."

"쯧!"

박현은 눈가를 찌푸리며 혀를 찼다.

갑자기 박현의 분위기가 바뀌자 임만재 전 총장은 순간 당황했다.

"쓸데없이 시간만 허비했군. 뭐해? 그냥 끌어내!"

"이, 이보……, 꺽!"

"이, 이건 불법이야! 나 경찰청장……."

"혀, 형사님. 저는…… 으아아!"

박현이 말이 떨어지기가 무섭게 셋은 어둠 속에 파묻혔다.

"비형랑, 미랑."

박현은 별로 한 것 없이 대기하고 있던 둘을 불렀다.

"여기서 대기하고 있어."

"여기서?"

"가족도 있을 테고……."

"그리고요?"

미랑이 묘한 웃음을 지었다.

"이 일에 관련된 이들도 찾아오지 않을까?"

박현도 그 웃음을 따라 씨익 웃어 보였다.

"혹시 모르니 수하 몇을 대기시키지."

암적을 말하는 것이었다.

"그럼 돌아갈까?"

거실을 한 번 둘러본 후 다시 밖으로 나가는데, 고천욱 검사가 입술을 깨물며 다가오더니 폰을 내밀었다.

"뭐야?"

"법무부 장관입니다."

"누구?"

"장동기 법무부 장관입니다."

"어허, 이것들 봐라."

박현은 조소를 머금으며 고천욱 검사의 휴대폰을 받아들 었다.

*　　*　　*

박현은 눈앞에 앉아 있는 머리가 희끗한 법무부 장관, 장 동기를 쳐다보며 다리를 꼬았다.

"험험."

그 모습이 거슬렸던지 장동기 장관은 눈살을 찌푸리며 헛기침을 내뱉었다.

그러거나 말거나.

박현이 손가락을 튕기며 손을 내밀자, 그와 함께 따라온 고천욱 검사가 품에서 반듯하게 접은 종이를 꺼내주었다.

"나이는 쉰여섯. 경찰대 출신에……, 의무복무 기간 이 후 사법고시 패스, 검사로 갔고."

박현이 고개를 들어 고천욱 검사를 쳐다보았다.

"뭐하는 건가!"

장동기 장관이 발끈했지만.

"전국구 사건 하나 거하게 터트리고 퇴임, 바로 정계 진출. 4선 연임. 고 검사."

"예."

"이거 경찰이 썩은 거야? 아님 끼리끼리 모인 거야? 어?"

"경찰 조직이 검사 지휘 하에 있다 하지만 거기까지는."

고천욱 검사는 법무부 장관의 눈치를 슬쩍 보며 말했다.

"지금 뭐하는 건가 묻지 않나!"

장동기 장관이 책상을 주먹으로 내려치며 소리쳤다.

"야!"

박현은 그런 장동기 장관을 쳐다보며 반말로 불렀다.

"상황 파악 안 되지?"

"……!"

정동기 장관이 순간 움찔한 것도 잠시.

"나 이 나라의 법무부 장관이오! 아무리 이면에서 살아간다지만, 당신은 이 나라의 국민이 아닌가? 이 나라의 법치를 무시해서 좋을 것 없소!"

나름 강단을 보였지만 박현에게는 그저 가소롭게만 보일 뿐이었다.

"전 청장하고 현 청장이 구속된 상황에, 법무부 장관까지 구속되면 좀 그렇지?"

사담을 나누듯 편안한 박현의 목소리에 장동기 장관의 얼굴이 굳어졌다.

"아무리 구속 영장 심사가 판사의 고유 권한이라고 해도, 아무래도 법무부 장관의 구속은⋯⋯, 전례에도 없을뿐더러."

"그러니까 좀 거시기하다 이거지?"

"예."

"하긴, 나도 좀 그렇기는 해. 그지?"

박현이 순순히 고개를 끄덕이며 장동기 장관을 쳐다보았다.

"장난이 지나치오!"

박현과 고천욱 검사의 말에 용기를 얻은 듯 장동기 장관은 적당히 화를 드러냈다.

"그냥 실종 처리하자."

"네?"

고천욱 검사가 순간 말뜻을 알아듣지 못하고 반문했다.

"실종 처리하자고. 사안 살펴보고, 죽일 놈이면 그냥 죽이고, 살릴 만하면 살려주고."

"어떻게⋯⋯."

"어떻게 하긴. 기억 지워버리고 다시 장관실에 던져놓지 뭐."

박현은 어깨를 으쓱이며 허공을 쳐다보며 입을 열었다.

"뭐 하냐, 장관님 모시자."

그 말이 끝나기가 무섭게 어둑시니들이 장관실을 어둡게 덮었다.

＊　　　＊　　　＊

박현은 광수대 사무실을 나와 휴게실과 화장실을 지나 막다른 복도 앞에 섰다.

박현은 손을 뻗어 벽을 짚으며 신력을 밀어넣었다.

후우웅—

그러자 벽에서 기이한 무늬와 함께 노란 부적들이 툭툭 튀어나왔다. 이어 장막이 걷히듯 민무늬 벽이 지워지며 철문이 모습을 드러냈다.

박현은 익숙하게 철문을 열었다.

끼이익—

철문 뒤에는 지하로 내려가는 계단이 있었다.

박현은 익숙한 걸음으로 어두컴컴한 지하로 내려갔다. 지하는 빛 하나 없는 어둠뿐이었다. 유일한 빛이 있다면 박현의 걸음에 맞춰 켜지는 자그만 형광등뿐이었다.

『누구부터 만나겠습니까?』

어둑시니 부두령, 아니 이제는 기동대 부대장 암사였다.

"암적은?"

『임만재 전 청장 집에 점검 나가셨습니다.』

박현은 고개를 끄덕였다.

"동진이 형님, 여기 계시지?"

『김도열 사장 부부의 신문조서를 꾸미고 있습니다.』

끼익— 철컹

그때 철문 하나가 열리며 신동진 경사, 아니 경위로 복임한 그가 나왔다.

"어? 왔어?"

신동진 경위가 서류철을 옆구리에 끼며 말했다.

"뭐 좀 알아냈어요?"

"사장이라는 자는 체념한 듯 정신줄을 놓았고, 사모는 길길이 날뛰다가 아들 한 마디에 잠잠해지더라."

"그래서요?"

"아들은 어떻게든 살려준다고 하니까 술술 불더라."

박현은 신동진 경위가 내민 서류철을 펼쳤다.

"생각보다 많이 불었네요."

"김 사장이야 일찍 발을 뺀 듯한데, 사모가 최근까지 뚜쟁이 역할을 했더라고."

탁!

박현은 대충 조서를 읽은 뒤 서류철을 덮었다.

"근데, 검사 양반 기자회견 한다고 하지 않았어?"

"슬슬 할 시간이 되었네요."

박현은 시계를 보며 대답했다.

"재미있을 겁니다. 제가 판을 키우라고 했거든요."

그리고 씨익 웃어 보였다.

"그래? 얼른 사무실에 올라가서 봐야겠다. 그럼 수고해."

신동진 경위가 종종걸음으로 사라진 뒤 박현은 두 청장이 갇혀 있는 조사실로 향했다.

*   *   *

"니 처돌았나?"

"아닙니다!"

고천욱 검사는 마치 신병처럼 허리를 꼿꼿하게 세우며 다부진 목소리로 대답했다.

"죽고 싶제? 그게 아니면 미쳤다고 경찰청장을 쳐잡아들이지 않았을 낀데. 안 그러나, 차장아?"

수원지방검찰청 손인식 지검장이 홍재근 제1차장검사를 보며 물었다. 홍재근 차장검사는 어색한 웃음을 지었다.

"어쨌든 한번 들어봐야 하지 않겠습니까?"

"그래도 니 새끼인 모양이네."

손인식 지검장은 콧방귀를 뀌며 고천욱 검사를 노려보았다.

"니 대답 똑바로 해야 한다. 아니면 내 니뿐만 아니라 차장이도 옷 벗길끼다."

"옙!"

고천욱 검사는 자신감 넘치는 목소리로 대답했다.

"니 참이가?"

"……?"

"영장 말이다. 영장! 거짓씨부렁이로 채운 거 아니야 이 말이다."

"차, 참입니다!"

"씨발!"

한 치 망설임도 없이 대답하는 고천욱 검사의 목소리에 손인식 지검장은 얼굴을 구겼다.

"청장 이 두 새끼는 뭐가 미쳤다고, 인신매매에, 살인교사까지. 진짜 참 맞제?"

구시렁거리던 손인식 지검장은 다시 고천욱 검사를 보며 스산한 눈빛으로 물었다.

매서운 눈빛에 고천욱 검사는 마른 침을 꿀떡 삼켰다.

'질러. 뒷감당은 본인이 해줄 테니까.'

박현의 말이 떠올랐다.

'그래, 못 먹어도 고다!'

"맞습니다."

"인마가 내를 졸로 보는 모양이다. 니 방금 표정에서 들켰다."

그 말에 고천욱 검사의 동공이 살짝 커졌다.

"아닙니다! 진짜입니다."

"진짜가 아니고, 진짜로 만들 수 있다 이 말이제? 지금 니 표정을 보면."

손인식 지검장의 눈매가 가늘어졌다.

"……."

고천욱 검사는 당황한 나머지 순간 답을 하지 못했다.

"미치긋다, 참말로. 차장아."

"예."

"니는 인마 믿을 수 있나?"

손인식 지검장이 홍재근 차장검사를 보며 물었다.

"믿을 만한 놈이기는 한데, 솔직히 지금은 잘 모르겠습니다."

"썩을."

손인식 지검장은 손으로 얼굴을 비볐다.

"마! 고천욱이."

"예, 옙."

"후아—, 어쩌다 이런 놈이 다 내 밑으로 와서. 환장하겠네, 정말."

손인식 지검장은 입술을 핥았다.

"누고?"

"예?"

"니가 줄 말이다. 혹시 니…… 청와대에 있는 매형 믿고 그러나?"

"아닙니다!"

"여튼 이 일 끝나고 보자."

"……."

"니 똑똑히 명심해라이. 내 손에 죽기 싫으면 영장 그대로 만들어야 한다. 알긋제?"

"반드시 그리하겠습니다."

똑똑.

그때 노크 소리와 함께 문이 살짝 열렸다.

"기자회견 시간 지났다고 기자들이 성화입니다."

"알았다. 니 명심해라, 알긋나?"

"옙!"

손인식 지검장은 인상을 찌푸리며 그만 나가보라고 손을 휘휘 저었다.

고천욱은 절도 있게 허리를 숙인 후 지검장실을 나갔다.

"차장아."

손인식 지검장은 이마를 주무르며 홍재근 차장검사를 불렀다.

"예, 지검장님."

"니 급한 일 다른 놈들한테 넘기고 저 새끼한테 붙어."

고개를 드는 손인식 지검장의 눈빛은 서늘하기 짝이 없었다.

"겸사겸사 저 새끼가 잡은 줄도 알아보고."

"……."

"그라고, 혹시 모르니까 시나리오도 하나 써 놔라. 만약에 일이 틀어져도 니나 내나 다 죽을 수는 없다 아이가."

"휴우—."

홍재근 차장검사는 한숨을 내쉬었다.

"알겠습니다."

"니도 나가라. 머리 아푸다."

손인식 지검장은 손을 휘휘 저었다.

달깍—

문이 닫히는 소리가 들리자 손인식 지검장은 휴대폰을 빼들고는 어디론가 전화를 걸었다.

그리고 그걸 듣는 그림자가 있었다.

*　　　*　　　*

"어때요?"

고천욱 검사는 앞에 선 젊은 수사관, 장용준을 보며 물었다.

"우리 영감님 훤하십니다."

수사관의 말에 고천욱 검사는 씨익 웃었다.

"화이팅하십쇼!"

고천욱 검사는 넥타이를 살짝 죄며 브리핑실로 들어갔다.

파바바박― 파박!

그가 들어서자 눈이 아플 정도로 카메라 플래시가 터졌다.

고천욱 검사는 잠시 눈을 감아 아린 고통을 풀어내며 마이크를 들어올렸다.

"아아―. 수원지방검찰청 고천욱 검사입니다. 제가 오늘 여러분께……."

"현 경찰청장이 구속된 게 사실입니까?"

성격이 급한 기자 하나가 소리치듯 물었다.

고천욱 검사는 고개를 들어 기자를 찾았다.

"전 경찰청장도 구속 영장이 청구되었다고 하는데 사실입니까?"

수십 명의 기자들이 마치 잡아먹을 듯 자신을 쳐다보자 고천욱 검사는 브리핑 내용이 담긴 서류철을 그냥 덮어버렸다.

"사실입니다."

고천욱 검사는 특히 방송용 카메라를 쳐다보며 기자의 질문에 대답해주었다.

"어떤 혐의인지 말씀해주실 수 있으십니까?"

"인신매매, 살인교사입니다."

파바바바박!

기껏해야 뇌물수수나 불법 수사 무마 등 정치적인 사안인 줄 알았는데, 흉악범죄라니.

기자들의 얼굴에 경악성이 묻어나왔다.

동시에 오랜 습관에 카메라 기자들은 다시 한번 카메라 셔터를 눌러 플래시를 마구 터트렸다.

"그, 그게 참입니까?"

"참담하게도 사실입니다."

"입증 가능합니까?"

"가능합니다, 하지만!"

쾅!

고천욱 검사는 단상을 주먹으로 내려치며 기자들의 얼굴을 느릿하게 훑었다.

"놀랍게도 이 둘의 뒤에 숨은 거대한 세력이 존재합니다."

엄청난 말이 아닐 수 없었다.

이에 일어날 후폭풍에 기자들은 몸을 부르르 떨었다.

하지만 다른 의견을 가진 기자도 있는 법.

"전현직 경찰의 수장을 입건한 사건입니다. 혹시 수사권에 항의하는, 그러니까 경찰과의 알력 다툼이 아닐까 하는 외부의 시선도 있습니다."

"그 말은 의도적인 망신주기라는 말입니까?"

"그렇습니다."

"아쉽게도 이 사건의 첫 인지는 사실 제가 아닌 광역수사대였습니다."

그 말에 기자들 사이에 수근거림이 잠시 커졌다.

"수사권에 있어 경찰이 검사의 지휘를 받는 것은 사실이지만, 이 사건은 합동 수사라고 보셔도 무방합니다."

"그 광역수사대가 어느 광역수사대입니까?"

"경기남부입니다."

"언제 전현직 두 경찰청장의 신변을 구속 집행할 것인지요?"

그 질문에 고천욱 검사의 눈빛이 반짝였다.

"이미 경기남부지방 경찰청 광역수사대에서 신병의 확보를 끝내놓은 상태입니다."

핏—

박현은 리모컨을 들어 고천욱 검사의 기자회견 뉴스 장면이 흘러나오는 TV를 껐다.

이어 몸을 돌려 임만재 전 청장과 박원호 현 청장을 바라보았다.

"원하는 게 뭔가?"

임만재 전 청장이 굳은 얼굴로 물었다.

"원하는 거?"

"……"

죽일 듯 쳐다보는 임만재 전 청장의 눈빛에 박현은 피식 웃음을 보였다.

"없어."

탁—

박현은 신동진 경위가 만든 조서를 책상 위에 던지듯 올려놓았다.

"그대들이 할 일은 단 하나."

톡톡!

손가락으로 책상을 두들겼다.

"여기에 조용히 있으면 돼."

"서, 설마."

임만재 전 청장이 눈을 부릅떴다.

"왜 본인이 애써 판을 키운 줄 알아?"

박현은 목소리에 조소를 담았다.

"본시 엉덩이 무거운 잘난 분들은 발등에 불이 떨어져야 움직이거든. 그리고 그런 분들은 열에 열, 치부를 들키지 않기 위해 꼬리를 자르려 하거든."

아무 말도 못 하고 있던 박원호 현 청장의 얼굴이 새카맣게 변했다.

"그래서 본인은 친절하게 길 잃지 말라고 광고도 했고."

"이, 이 미친 새끼야! 네가 지금 무슨 짓을 저지른지 알아?"

임만재 전 청장이 자리에서 벌떡 일어나 소리를 질렀다.

"네 녀석도 검계 소속이면 알 것 아니야! 내 뒤에 계신 분이 그저 그런 분인지 알아?"

"그래서 그분이 누군데?"

"……."

임만재 전 청장은 실낱같은 희망에 그 이름을 내뱉지 않은 채 그저 분노와 다가올 공포에 몸을 부들부들 떨 뿐이었다.

"훗."

"그 알량한 공명심에 너와 네 동료는 처참하게 죽을 거다. 그뿐만인 줄 아나? 사회적으로도 인격살인이 되어 매장될 거다!"

임만재 전 청장은 저주하듯 말을 내뱉었다.

"괜찮아."

박현은 심드렁하게 그 말을 받아줬다.

"내가 더 강해."

박현은 씨익 입꼬리를 말아 올렸다.

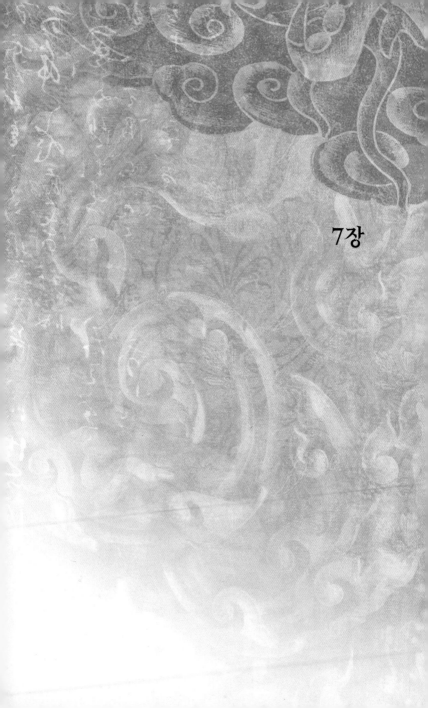

7장

이른 저녁.

소박해 보이지만 한없이 고급진 소품들로 꾸려진 어느 한정식 별방.

백발에 은은한 때깔의 한복을 입은 이가 전통주를 입으로 가져가고 있었다.

그는 지하경제를 주무르는 향도계(香徒契)의 수장, 양상경이었다.

향도계.

검계 소속이면서도 검계와는 거리를 두는 아웃사이더 집단.

본시 향도계는 과거, 그러니까 조선 초에 만들어진 마을 단위의 자치조직이다.

물론 시대의 부침에 따라 동계에서 향약으로, 다시 동약으로 여러 규모와 이름을 거쳤지만 속내는 똑같았다.

향도계는 조선말부터 이어진 시대의 격변, 그 흐름에 적응하지 못했다. 아니, 뼛속까지 피가 다른 양반인 그들은 순응하지 않았다.

그렇게 그들은 향도계라는 이름으로 더욱 권력을 공고하게 다져갔다.

하지만 그들에게 부족한 것은 자신들의 부를 지켜줄 무력이었다.

그런 그들의 눈에 들어온 건 이면의 부적응자, 세상에 검계라는 이름을 드러내고 감히 그 이름을 입에 담은 살략계(殺掠契), 홍동계(鬨動契), 살주계(殺主契) 등 이면의 힘을 가진 조직폭력단체였다.

향도계는 그들을 과감히 받아들여 당시 조정과, 검계의 손에서 그들을 보호하는 동시에 자신들의 칼로 만들었다.

그렇게 검계의 일문이 되었지만, 검계와 거리를 둔 향도계가 탄생한 것이었다.

구한말과 일제 식민지 시기를 거치며 그들은 외형적 신분은 버리고 수많은 부를 들고 음지로 들었다.

그게 현 향도계였다.

"계주. 최 의원과 하 사장이 도착했습니다."

"들라 해."

칼칼한 목소리의 허락이 떨어지고.

드르륵.

잠시 후 미닫이문이 열리고 반백발의 사내와 오십 대의 사내가 안으로 들어왔다.

"먼저 한잔하고 있었구먼."

반백발의 사내, 최무룡은 7선의 국회의원이며 여당 큰 계파의 수장이었다. 하지만 그의 진정한 정체는 보상 최가의 외당(外堂) 당주였다.

"아이쿠, 우리 회장님. 늦어서 죄송합니다."

둘 사이에서 비교적 젊어 보이는 오십 대 사내, 하필도는 유명 연예 기획사와 경호회사를 가진 기업가였다. 물론 그 역시 이면인이며 날파람 꼭두쇠 중 일인이었다.

"정신 사나워. 어서 앉기나 해."

그렇게 둘이 자리를 찾아 앉자 마흔 안팎으로 보이는 여인이 둘의 잔을 채웠다.

"어째 나이를 먹어 가는데도 더 예뻐지는 거 같아."

최무룡이 잔을 받으며 슬쩍 여인의 허리로 손을 뻗었다.

그 손길에 여인이 매혹적인 미소를 드러내며 날이 시퍼

렇게 선 은장도를 최무룡의 턱 아래 들이밀었다.

"의원님의 손장난도 여전하시구요."

"장미의 가시가 더욱 날카로워졌어."

"한번 베여 보실렵니까?"

"사양하지."

최무룡은 양손을 들어 보이며 항복의 제스처를 취했다.

"자네는 이 와중에도, 쯧."

양상경이 최무룡을 보며 혀를 찼다.

"반가운 인사에 뭘 그렇게 역정을 내나."

양상경은 고개를 절레절레 저은 후 여인에게 그냥 뒤로
물러나라 눈치를 줬다.

"그나저나 골치 아파졌어."

양상경이 술잔을 비우며 말했다.

"뭐 좀 알아보셨습니까?"

하필도가 얼른 양상경의 잔을 채웠다.

"알아보고 있는 중인데, 아는 놈들이 없어."

양상경은 최무룡을 쳐다보았다.

"자네는 좀 알아봤나?"

"청와대의 입김이 들어간 듯해."

"청와대?"

최무룡의 대답에 양상경의 얼굴이 찌푸려졌다.

"근데 정확한 건 아니야. 이 장동기 새끼. 도대체 어디를 간 건지."

최무룡은 장동기 법무부 장관을 떠올리며 이를 갈았다.

"누구의 입김이야?"

"누구 입김인지 알아보는 중이야."

"확실하게만 알아봐. 그래야 이 빚을 갚지."

양상경의 말에 최무룡과 하필도가 그를 쳐다보았다.

"시끄럽게 일 벌린 검사랑 형사 놈들은?"

"이미 애들 보내놨어."

양상경의 말에 최무룡은 고개를 주억였다.

"피 좀 볼 거야. 그러니까 조용히 덮어주기나 해."

"뭘 걱정을 하고 그래. 이런 일 하면 피도 보고 그러는 거지. 걱정 마."

최무룡이 입꼬리를 말아올리며 하필도를 불렀다.

"예, 형님."

"대중의 시선도 돌려야 하니 스캔들 몇 개 티트려."

"적당한 걸로 찾아보겠습니다."

하필도의 대답을 들으며 양상경이 고개를 돌렸다.

"시작하라고 그래."

"두 청장은 어찌할까요?"

뒤로 물러나 있던 여인이 물었다.

"청장? 청장이라."

양상경이 최무룡을 쳐다보았다.

"좀 아깝기는 한데……."

"죽여. 차라리 새로 시작하는 게 나아."

"그럼 바로 시작하겠습니다."

여인이 고개를 숙인 후 뒷걸음으로 방을 나갔다.

"식사가 끝나기 전에 마무리될 거다. 일단 배 좀 채우자."

그 말이 끝나기가 무섭게 거하게 차려진 밥상이 안으로 들어왔다.

*　　　*　　　*

"왜요, 형님."

신동진이 자꾸 쳐다보자 소파에 누워 있던 박현이 눈을 떴다.

"그놈들, 그냥 저래 놔둘 거야?"

신동진이 말한 저놈들은 전현직 두 경찰청장과 장동기 법무부 장관이었다.

"그래도 잡아 왔으면 뭐라도 좀 알아봐야 하는 거 아냐?"

그냥 가둬놓고 아무것도 안 하니 몸이 쑤시는 모양이었다.

"천천히 해도 됩니다."

"얼른 수사하지 않으면 사방에서 압력이 들어올 텐데."

"오겠죠."

"그런데."

"왔네요."

박현이 눈을 반짝이며 자리에서 일어났다.

"뭐가 왔다……는……."

신동진은 의아함에 입을 열었지만 이내 다시 닫아야 했다.

마치 다들 약속이라도 한 것처럼 일제히 부산하게 몸을 일으키고 있었기 때문이었다.

"일단 대기하고 있어. 그리고 형님."

박현은 최길성을 불렀다.

"동진이 형님 좀 부탁합니다."

"알았어. 어이, 동진이. 이제부터 위험할 수 있으니까 나랑 있자고."

"뭐, 뭔데?"

"구린 놈들이 오고 있어서 그래."

"구린 놈들? 누군데?"

"이제부터 동생이 알아보겠지."

그 사이 둘이 친해졌는지 분위기상 속삭이듯 말을 주고받았다.

박현은 둘의 시선을 느끼며 고개를 들었다.

"다들 대기하고. 기동대는 외곽을 맡아. 한 놈도 놓치지 마."

"그러지."

"그럼 어디 한번……."

박현이 암적의 대답을 들으며 축지를 밟으려는 그때.

"혼자 놀면 미워야!"

서기원이 앞으로 가로막으며 두터운 배를 쑥 내밀었다.

"자고로 한 민족이라 함은! 콩 한쪽도 나눠 먹고 그러는 거여야! 알아야?"

"도깨비도 한 민족에 드나?"

박현은 피식거리면서도 고개를 갸웃거렸다.

"어허! 나 한반도에서 태어난 엄연한 배달의 도깨비여야!"

서기원이 다가와 배로 박현을 툭 쳤다.

"나도 가야겠다."

조완희.

그는 서기원과 달리 표정이 굳어 있었다.

"……?"

"무당의 신기가 느껴져. 어떤 놈인지 한번 봐야겠다."

박현은 고개를 끄덕인 뒤 축지를 밟으며 사라졌다.

*   *   *

제3광역수사대 단독 건물이자 경기남부지방경찰청 제2별관.

사람들의 발길이 잘 닿지 않는 음습한 구석에 마흔쯤 되어 보이는 사내가 주변을 두리번 살폈다. 아무도 없다는 것을 확인한 사내는 경찰청 담과 제2별관 벽을 갈 지(之)자로 밟으며 날렵하게 옥상으로 올라갔다.

옥상에 올라선 그는 부적 한 뭉치를 꺼내 양손에 꼈다.

알아들을 수 없는 자그만 목소리로 진언을 읊자 부적 뭉치에서 희미한 푸른 불꽃이 튀기 시작했다.

파바박!

불꽃이 더욱 거세지자 사내는 망설임 없이 부적 뭉치를 허공으로 뿌렸다.

촤자자자자작!

부적들은 마치 번개를 내뿜듯 서로가 서로를 이어주며 제2별관을 덮어갔다.

투웅—

잠시 후.

수십 장의 부적들은 거대한 돔을 만들며 제2별관을 완벽하게 뒤덮었다.

"후우—."

할 일을 마친 사내가 이마에 난 땀을 닦으며 한숨을 내쉴 때였다.

턱!

누군가 그의 어깨에 손을 얹었다.

"너, 오랜만이다."

사내는 깜짝 놀랐다가 이내 목소리의 주인을 떠올리며 화들짝 몸을 돌렸다.

그의 앞에 조완희가 씨익 웃고 있었다.

"네, 네가 여기 어떻게……."

"그건 내가 묻고 싶은데. 동팔이."

조완희의 비릿한 웃음에 신동팔이라는 이름을 가진 사내는 두어 걸음 뒤로 물러나며 얼굴을 구겼다.

"시, 시발……."

경기남부지방경찰청 맞은편.

제2별관이 훤히 내려다보이는 고층 건물 옥상.

허리에 환도(環刀)를 삐딱하게 찬 사내가 난간에 발을 올린 채 껄렁한 자세로 제2별관을 내려다보고 있었다. 그는 향도계 3대 무력단체 중 하나인 살략계의 대방왈자 김천호였다.

박수무당 신동팔이 무사히 옥상으로 올라가 부적을 뿌리자 어스름한 막이 제2별관을 뒤덮었다.

"대방왈자!"

"나도 눈 있어, 이 시키야."

김천호는 수하의 뒤통수를 손바닥으로 갈기며 허리를 폈다.

"애들은?"

"주차장에서 대기하고 있습니다. 흐흐흐."

"아직까지 보는 눈들이 있으니 결계 안까지는 다들 조용히 들어가라고 해."

"옙!"

김천호의 명에 수하는 재빨리 전화기를 들었다.

그리고 막 전화를 걸려는데 그림자가 드리웠다.

'음?'

수하는 아무 생각 없이 고개를 들어올려 하늘을 쳐다보았다.

"……! 대, 대방왈자."

수하는 손을 뻗어 김천호를 툭툭 쳤다.

"왜, 이 시키야? 전화나 빨리 걸어."

"그, 그게 아니라. 머리 위에……."

"아이 새끼. 진짜. 하늘에 뭐……."

김천호는 짜증을 내며 수하를 따라 고개를 들었다.

"……!"

하늘에서 한 사내가 자신들을 내려다보고 있었다. 그런 그의 등 뒤로 검은 날개가 펄럭이고 있었다.

*　　　*　　　*

살략계 대방왈자 김천호는 하늘에 떠 있는 신족, 박현을 보자 이를 드러내며 히죽 웃었다.

"누구?"

김천호는 환도 손잡이에 손을 얹으며 껄렁이는 목소리로 물었다.

"그건 내가 묻고 싶은데. 누구냐, 너희들?"

"그건 이 몸이 물었지 않나?"

김천호는 혀로 입술을 핥으며 천천히 환도를 뽑아들며 칼날을 살짝 틀었다.

반짝!

그러자 칼날이 거울이 되어 눈부신 햇살이 박현의 눈으로 쏘아졌다.

자그만 빛의 파편이 눈을 뒤덮자 박현은 고개를 슬쩍 틀며 눈매를 찌푸렸다.

찰나, 박현의 시선에 공백이 만들어지자 김천호는 구석진 곳에서 몸을 숨기고 있던 수하들에게 눈치를 보냈다.

팟!

그 눈빛을 받은 살략계 왈자 하나가 대검을 뽑아들며 은밀히 박현의 등 뒤로 뛰어올랐다.

쑤아아악!

"뒈져, 이 새끼야!"

박현의 후방을 점했다 싶자 왈자는 양손으로 대검을 쥐고 등을 찍어갔다.

"……!"

대검이 박현의 등을 찍는 순간, 박현의 형체가 흐릿하게 사라졌다.

쑤아아악—

대검이 애꿎은 허공을 찔렀을 때였다.

푹!

"꺼억!"

왈자는 갑자기 숨이 턱 막히자 겨우 입을 벌려 숨을 들이

켰다. 차가운 공기가 폐부를 적시자 그에 맞춰 지독한 고통
이 몰아닥쳤다.

"꺼……, 어……."

왈자는 고통에 몸이 바들바들 떨렸다.

딸그랑—

그는 단검을 떨어뜨리며 고개를 아래로 내렸다.

자신의 가슴을 뚫고 나온 팔이 눈에 들어왔다.

믿겨지지 않는 현실에 부정하고 싶었지만 지독한 고통이
현실임을 일깨워주고 있었다.

"씨발."

보지 않아도 누구의 것인지 알 수 있었다.

자신이 노렸던 날개 달린 신(神).

왈자의 눈에 독기가 어렸다.

"이대로 혼자 안 죽어. 혼자는 안 죽어!"

왈자는 울컥 피를 삼키고는 어금니를 꽉 깨물며 손을 뻗
어 박현의 팔을 움켜잡았다.

"죽여! 이 새끼 죽여 버려!"

왈자는 핏물과 함께 소리쳤다.

스슷— 스스스—

죽음을 동반한 그 외침에.

쑤아아악!

장검 하나가 박현의 허리를 베어갔다.

"⋯⋯!"

그 순간 장검을 휘두른 왈자의 눈이 부릅떠졌다.

박현의 신형이 흐물흐물하게 바뀌더니 마치 뱀처럼 동료의 몸을 타고돌아, 어느새 동료를 껴안는 자세로 바뀌어 있었다.

쑤아아아—

그리고 자신을 향해 기분 나쁜 미소를 짓더니 동료의 몸을 자신의 칼날에 밀어 넣어버렸다.

서걱!

"으아악!"

자신의 검은 동료의 허리를 베었고, 동료의 마지막 단말마가 터졌다.

장검을 든 왈자는 자신의 칼에 허리가 잘려 바닥으로 툭 떨어진 동료의 하체를 바라보며 시선을 올렸다.

"개새끼!"

쿵!

장검을 든 왈자는 칼을 높이 들며 박현을 향해 달려들었다.

좌아악!

상반신만 남은 동료의 몸이 좌우로 찢어졌다.

자신이 벤 것인지, 박현이 찢은 것인지 모르나, 어쨌든 동료의 시신이 다시금 눈앞에서 찢어졌다.

"하앗!"

장검의 왈자는 자욱하게 튀는 핏물 사이로 뛰어들며 박현의 머리를 향해 장검을 내리그었다.

그러자 박현이 왼팔을 들어 자신의 검을 막아오는 게 아닌가.

'그 팔을 잘라주마!'

장검의 왈자는 크게 진각을 구르며 한 칼에 모든 힘을 담아 휘둘렀다.

쑤아아— 캉!

왈자의 기대와 달리 그의 장검과 박현의 팔 사이에서 불꽃이 튀었다. 이에 왈자는 자신의 검을 막아선 새하얀 반원 껍데기를 보며 얼굴을 일그러트렸다.

"크르르르!"

박현은 대합의 힘으로 왈자의 장검을 막은 뒤 보란 듯이 입꼬리를 씨익 말아 올렸다.

쿠오—

박현의 몸에서 엄청난 신력이 터졌다.

'뭐, 뭐……'

길어지는 어금니.

검은 털.

이마에 그려지는 새하얀 왕(王) 자.

그리고 황금빛 눈동자.

박현과 마주한 왈자의 눈이 찢어질 듯 커졌다.

"크하아앙!"

박현은 진체 흑호를 드러내며 오른팔을 들어올렸다. 그리고 발톱을 날카롭게 세우며 그의 머리를 그대로 후려쳤다.

콰드드득— 턱!

단 한 번의 일격으로 왈자의 머리는 그대로 뜯겨 날아가 바닥으로 툭 떨어졌다.

"캬르르르르."

이어 박현은 머리를 잃고 옆으로 쓰러지는 왈자의 몸을 발로 밟으며 고개를 돌려 왈자의 우두머리, 대방왈자 김천호를 쳐다보며 날카로운 어금니를 드러냈다.

『개새끼들은 너희들이지. 안 그래, 이 인간 말종 새끼들아!』

두둑 두둑!

박현은 자신을 에워싸는 여덟 명의 왈자들에게는 눈길조차 주지 않고 김천호를 향해 뚜벅뚜벅 걸어갔다.

"새 새끼도 아니고, 검은 고양이도 아니고. 너 정체가 뭐냐?"

김천호는 칼날을 혀로 스윽 핥으며 이죽거렸다.

『본인의 진체를 보고도 그런 말을 하는 걸 보면.』

박현은 히죽 웃었다.

『본인에 대해 아직 모르는 모양이야.』

"내가 알아야 하나?"

김천호의 말에 박현은 고개를 저었다.

『괜찮아.』

쿠웅!

박현의 몸에서 신기가 터지며 옅은 먹구름처럼 보이는 얇은 막이 옥상 건물을 뒤덮었다.

구르르르.

여파에 건물이 흔들렸다.

『지금부터 뼛속까지 알려줄 테니까.』

박현은 해태가 전수해준 비기를 펼치며 환하게 웃어 보였다.

그 미소엔 짙은 혈향이 잔뜩 묻어났다.

*　　*　　*

"야, 아직이야?"

승합차 안에서 대기하고 있는 노란 머리의 살략계 왈자

하나가 앞자리 조수석에 앉아 있는 퉁퉁한 왈자에게 물었다.

노란 머리 왈자의 물음에 퉁퉁한 왈자가 휴대폰 화면을 보여주며 고개를 저었다.

"이상하다."

"형님, 어떻게 합니까?"

퉁퉁한 왈자가 김천호 대방왈자의 오른팔 유철상에게 물었다.

"혹시 대방에게 문제 생긴 건 아니겠죠?"

"쓸데없는 말 말고."

오른팔 유철상이 나직하게 꾸짖으며 제2별관을 쳐다보았다.

"확실하게 결계 쳤지?"

"똑똑히 봤습니다."

"옙."

운전석과 보조석에 앉아 있는 두 왈자가 똑 부러지는 목소리로 대답했다.

"일단 들어······."

똑똑.

그때 누군가가 창문을 두들겼다.

"······형님."

승합차 뒷문에 앉아 있는 왈자가 당황하며 고개를 돌려 유철상을 쳐다보았다.

유철상이 눈가를 찌푸렸다.

탁탁탁—

전보다 조금 더 거친 노크 소리가 들려왔다.

"좋게 보내고 혹시라도 느낌이 이상하면 가차 없이 안으로 끌고 들어와."

"예, 형님."

유철상의 말에 고개를 끄덕이며 왈자는 승합차 뒷문을 열었다.

"무슨 일입니까?"

왈자는 승합차에 반쯤 기댄 사내를 올려다보았다.

정돈이 되지 못한 까끌까끌한 수염.

항공 선글라스.

그리고 터질 듯 꽉 낀 와이셔츠에 점퍼까지.

누가 봐도 '나 형사요!'라는 분위기를 팍팍 풍기고 있었다.

"나야?"

서기원은 껌을 질겅질겅 씹으며 선글라스를 머리에 걸쳤다.

그리고는 삐딱하게 왈자를 내려다보았다.

그 모습에 왈자는 순간 서기원이 형사가 아니라 어디 건달이 아닌가 싶었다.

"어디~♪ 봐아야~♫."

서기원은 승합차를 손바닥으로 텅 치며 안으로 고개를 쑥 내밀었다.

"아이구, 뭐 이렇게 옹기종기 모여 있다야."

서기원은 목소리에 콧노래를 섞으며 승합차 안을 쳐다보았다.

"뭐, 뭐야? 당신?"

왈자가 서기원의 멱살을 잡아 밀며 소리쳤다.

"딱 보면 몰라야?"

서기원은 멱살을 잡은 손을 탁 치며 턱을 슬쩍 들어올렸다.

"나, 형사야! 형사! 흐흐흐흐."

서기원은 주섬주섬 주머니에서 부적 한 장을 꺼내 승합차에 턱 붙였다.

후우우웅!

부적이 파르르 떨며 신기가 승합차를 뒤덮었다.

"너 누구야!"

이면의 힘을 느낀 왈자가 시퍼런 살기를 드러냈다.

"어허! 나 형사 맞아야."

서기원은 능글맞은 미소를 짓는가 싶더니.

퍽!

순식간에 앞에 앉아 있는 왈자의 턱에 주먹을 들이꽂았다.

"컥!"

왈자는 짧은 신음을 흘리며 옆에 앉아 있는 유철상의 품으로 넘어갔다.

"웃차!"

서기원은 승합차 안으로 몸을 구기듯 들어가며 승합차 문을 닫았다.

"이면의 검사(劍士)들은 어디서 오셨을까야? 응?"

후우욱!

뒷자리에서 주먹이 날아왔다.

서기원은 고개를 뒤로 젖히며 그 주먹을 손바닥으로 받았다.

"그래! 이거여야! 형사와 조폭들이 주고받는 화끈한 주먹의 대화. 크~ 느낌 좋아야!"

서기원은 몸을 부르르 떨며 주먹을 움켜쥐었다.

그리고는 자신에게 주먹을 날린 왈자를 향해 주먹을 내리꽂았다.

"쓰벌. 형사고 지랄이고 죽여 버렷!"

그 말이 떨어지기가 무섭게 운전석에서 단검이 서기원의 목을 찔러왔다.

카득!

서기원은 그 칼날을 손으로 움켜잡았다.

"이게 바로 범인의 비정함이여야. 비정함 속에서 고군분투하는 형사 서기원! 크으!"

서기원은 다른 손으로 운전석 등받이를 뜯어내며 단검을 휘두른 왈자의 얼굴에 주먹으로 융단폭격을 날렸다.

하지만 그건 시작이었다.

퍼버벅! 퍽퍽!

운전석 왈자가 나가떨어지자 서기원은 좁은 승합차 안에서 걸리는 건 모조리 주먹을 휘둘렀다.

"으악!"

"쓰, 쓰벌."

뒷칸과 조수석에 앉아 있던 왈자들이 일단 공간을 벌기 위해 차문을 열어보고 창문을 깨어봤지만 부적이 만들어낸 결계에 갇혀 아무 소용 없었다.

그리고.

그 안에서.

"으하하하하!"

서기원은 싱글벙글 즐거워하며 연신 사방으로 주먹을 날리고 또 날렸다. 그렇게 대충 근처를 모두 쓸어버린 서기원은 바로 앞에 앉아 있는 유철상의 목을 움켜잡았다.

"어때야?"

서기원은 뭔가의 표정을 따라 하며 유철상을 향해 얼굴을 이리저리 틀어 보였다.

"나 거 뭐시기~ 요즘 핫한 배우."

서기원은 미간에 깊은 주름을 패며 목소리를 쩍— 낮게 깔며 입을 열었다.

"마블리 같아 보여야?"

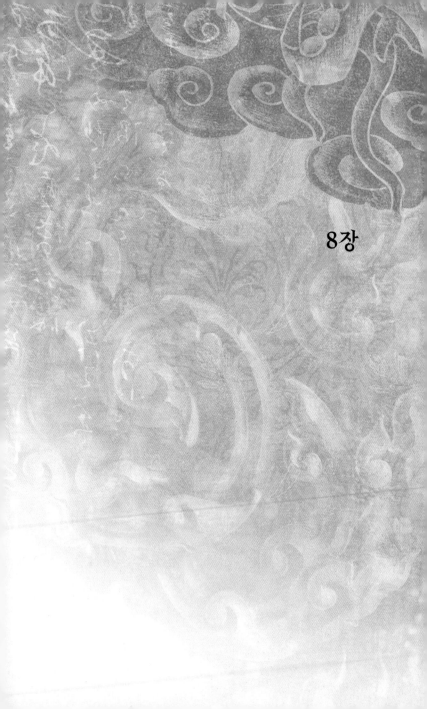

8장

차가 넘어가지 않는 게 용할 정도로 휘청휘청거리던 승합차가 잠시 후 제 균형을 찾았다.

"끝났나 보네."

조완희는 부적이 만들어낸 결계 안으로 발을 들였다.

"끝났……. 음?"

잠잠하던 차가 다시 꿀렁꿀렁거리기 시작한 것이다.

"기원이가 고작 살략계 왈자들에게 고생할 놈이 아닌데."

조완희는 낯을 굳히며 승합차 문을 활짝 열었다.

"야야! 야야! 숨셔야! 숨셔야!"

조완희가 살략계 왈자 오른팔 유철상의 가슴을 한 손으

로 마구 누르고 있었다.

"껙, 껙! 나 안 죽었어 이 쓰벌, 커억!"

"야야! 정신 차려야! 숨셔야!"

"씨발! 차, 차라리…… 그냥 죽, 쿨럭! 여—."

유철상이 피를 토하며 살아 있음을 피력했지만 마블리 놀이에 빠진 서기원은 그걸 무시하고 연신 그의 가슴을 손바닥으로 무식하게 누르고 있었다.

"뭐하냐?"

그걸 본 조완희가 어이없어하며 물었다.

"죽어가는 용의자 살리고 있어야."

우지끈.

"꺼억!"

그때 유철상의 가슴에서 뼈가 부러지는 듯한 소리가 난 건 착각이 아닐지도.

"네가 죽이는 건 아니고?"

"에이, 무슨 말도 안 되는 소리를 하고 있……."

"쿨럭! 차차리 죽여. 이 새……. 읍읍!"

서기원은 슬쩍 손을 뻗어 유철상의 입을 덮었다.

"야가 깨어났나 보다야. 다행이어야."

서기원의 어색한 웃음 옆으로 땀 한 방울이 또르르 흘러내렸다.

"지랄 말고 나와."

"앗! 아아! 아, 아파야!"

조완희는 서기원의 귀를 잡아 승합차 밖으로 끌어냈다.

"암 대장. 부탁합니다."

"그러죠."

승합차 주변으로 어둑시니들이 조용히 모습을 드러냈다.

"암 대장."

서기원이 빨갛게 달아오른 귀를 매만지며 슬쩍 암적을 불렀다.

"……?"

"알지야?"

"……?"

뜬금없는 말에 암적이 미간을 좁히며 고개를 갸웃거렸다.

"진실의 방으로."

"진실의…… 뭘 말하는 겁니까?"

그때 찌릿한 조완희의 날카로운 눈빛을 느낀 서기원은 헛기침을 내뱉으며 선글라스를 얼굴에 썼다.

"어여 데리고 가야. 용의자 체포했으니까 얼른 이 마블……, 아니. 용의자 신문을 해야 한다 이 말이어야. 험험."

"마……? 뭐?"

조완희가 눈매를 가늘게 만들며 물었다.

"아, 아니어야. 아무것도."

딴청을 피우는 서기원의 옆구리에 못 보던 게 보였다.

"오토바이 헬멧은 또 뭐냐?"

"ㅎㅎㅎ."

서기원은 오토바이 헬멧을 쓰다듬으며 이상한 웃음을 지어 보였다.

*　　　*　　　*

철퍽 철퍽!

대방왈자 김천호는 흑호의 진체를 드러낸 박현이 느릿하게 다가오자 위압감을 이기지 못하고 뒷걸음쳤다.

그의 발 아래로 죽은 수하들의 핏물이 질퍽하게 밟혔다.

"큽!"

그러다 미끈한 살점을 밟았는지 김천호의 다리가 쭉 미끄러졌다.

그는 재빨리 환도를 바닥에 찍으며 균형을 잡으려 했다.

쿵!

하지만 칼날이 반으로 부러진 환도는 그의 균형을 잡아주지 못했다.

"크르르르."

한쪽 무릎을 바닥에 찧은 김천호는 고개를 올려 느릿느릿하게 다가오는 박현을 올려다보았다.

"……!"

박현이 사정거리에 들어오자 김천호의 눈빛이 바뀌었다.

사정없이 후들거리던 다리가 마치 연극이었다는 것처럼 김천호는 빛살처럼 박현의 품으로 뛰어들며 부러진 환도를 배에 쑤셔 넣었다.

하지만.

캉!

환도는 어느새 다시 모습을 드러낸 새하얀 대합 껍데기에 막혀 옆으로 튕겨 나갔다.

"씨바…… 컥!"

김천호가 입술을 깨물 때 박현의 발톱을 드러낸 손이 시야에 가득 들어찼다.

퍽!

김천호는 목이 꺾이는 고통과 함께 잠시 시야가 까맣게 물들었다가 다시 돌아왔다.

돌아온 시야는 붉게 물들어가고 있었다.

뺨에서 느껴지는 화끈거리는 고통으로 보아 핏물이 눈에 스며든 모양이었다.

"개새끼."

김천호는 벽에 등을 기대며 힘겹게 몸을 일으키려 했다.

콰직!

하지만 박현은 걸음을 멈추지 않고 그대로 발을 들어 힘겹게 일어나려는 그의 무릎을 그대로 밟아버렸다.

"으아악!"

무릎이 부서지자 김천호는 비명을 지르며 다시 주저앉았다.

"……죽여."

김천호는 고통에 몸을 떨며 말했다.

『그럴 수 있나. 아직 듣지 못한 것들이 많은데.』

박현은 씨익 웃으며 그의 머리를 주먹으로 후려쳤다.

*　　　*　　　*

저녁상이 물려지고.

양상경, 최무룡, 하필도 앞에 단출한 술상이 차려졌다.

상황이 상황인지라 셋은 평소와 달리 간단하게 목만 축이는 분위기였다.

"생각보다 늦어지는군."

최무룡이 시계를 보며 말했다.

"혹시 일이 잘못된 게 아닐까요?"

하필도가 술잔을 비우며 조심스럽게 입을 열었다.

"살략계를 전부 보냈어. 그깟 경찰 놈들인데 일이 잘못될 리가 없어."

양상경도 찜찜했던지 대답은 확신에 찬 목소리가 아니었다.

"그래도 시간이 걸려도 너무 걸립니다."

"일이 어떻게 진행되는지 궁금한데 연락 한번 해봐."

최무룡도 시간이 길어지면서 뭔가 불길함을 받은 모양이었다.

톡톡.

최무룡까지 말을 거들자 양상경이 미간을 찌푸리더니 마지못해 고개를 돌려 소리쳤다.

"명화야!"

드르륵—

부름에 여닫이문이 열리고 조금 전 상을 봐줬던 여인이 모습을 드러냈다.

"예, 어르신."

"일이 어떻게 돌아가는지 전화 넣어봐."

명화가 여닫이문 뒤로 몸을 가리려 하자.

"그냥 여기서 걸어."

최무룡.

명화는 슬쩍 양상경의 눈치를 봤다.

그가 고개를 끄덕여 허락하자 그 자리에서 전화를 걸었다.

고운 이마에 주름이 조금씩 패였다.

"왜, 안 받아?"

양상경이 마뜩잖은 목소리로 물었다.

"예, 어르……."

부재중 안내에 명화가 전화를 끊으며 대답을 하려는 그때였다.

♪~♩ ♪~♩ ♬~

그녀의 전화기에서 벨이 울렸다.

"왜 이렇게 전화를 안 받아?"

화면에 뜬 전화번호를 보자 명화는 목소리를 죽여 전화를 받았다.

"전화기 가져와 봐."

양상경이 그녀를 향해 손을 내밀었다.

"기다려, 어르신이 찾으신다."

명화는 공손히 전화기를 양상경에게 넘겼다.

"나다."

《…….》

전화기 너머로 아무런 말도 들리지 않자 양상경이 이마

를 찌푸리며 전화기를 귀에서 뗐다. 통화는 끊기지 않았음을 확인한 양상경은 다시 전화기를 귀로 가져갔다.

"어찌 되었어?"

《양상경?》

전화기 너머로 묵직한 목소리가 들려왔다.

낯선 목소리에 양상경의 표정이 굳어졌다.

"너 누구야?"

양상경은 목소리가 딱딱하게 가라앉았다.

그 말 한 마디에 방 안의 분위기가 급속도로 가라앉았다.

양상경은 명화에게 눈치를 주며 전화기를 고쳐 잡았다.

《향도계 계주 양상경 맞나?》

"네가 누군지 지금 묻지 않나!"

《본인?》

"그래!"

《훗!》

가벼운 웃음.

드득— 드드득—

갑자기 천장에서 대들보가 뒤틀리는 소리가 만들어졌다.

양상경은 인상을 찌푸리며 천장을 힐끔 쳐다보았다.

끼이 끼익— 드르르—

곧 잠잠해질 거라는 생각과 달리 대들보에서 나는 소리

는 점점 더 커져 갔고, 이내 먼지뿐만 아니라 나뭇가루와 흙가루가 우수수 떨어져 내리기 시작했다.

양상경은 자세를 고쳐 앉으며 천장을 올려다보았다.

카드드드드— 우지끈!

대들보에 금이 쭉쭉 가기 시작했다.

처음에는 지진이 왔나 싶었지만 바닥에서는 어떤 진동도 올라오고 있지 않았다.

또한 벽도 흔들리지 않았다.

"무슨 일인지 알아보거라."

심상치 않은 느낌을 받은 최무룡이 바닥에서 엉덩이를 떼며 명했다.

명화가 굳은 표정으로 밖으로 몸을 돌리려는 그때였다.

콰드드드득 콰광!

결국 뒤틀리고 뒤틀리던 대들보가 뚝 부러졌고, 그를 시작으로 마치 도미노가 무너지듯 천장을 이루는 것들이 차례차례 하늘로 뜯겨나갔다.

"이, 이 무슨!"

"……!"

최무룡과 하필도는 어안이 벙벙한 표정을 지었고, 양상경은 통화 중이라는 것도 잊은 듯 황당한 얼굴로 우악스럽게 뜯겨나가는 천장을 올려다보았다.

그렇게 훤하게 드러난 밤하늘.

쿵!

사라진 천장 사이로 엄청난 기운이 쏟아져 내려와 머리를 짓눌렀다.

"큽!"

양상경은 그 기운에 신음을 삼키며 고개를 들었다.

"……!"

사라진 지붕 사이로 떠 있는 한 그림자를 보자 양상경의 눈이 부릅떠졌다. 그리고 그 사내의 귀에 전화기가 들려 있는 것을 보자 서서히 눈가가 찌푸려졌다.

하늘에 떠 있는 사내와 눈을 마주한 양상경은 현 상황에 놀라 잠시 내려놓았던 전화기를 다시 들었다.

"너 누구야!"

양상경이 그림자를 보며 소리쳤다.

"또 뭘 모른 척하고 그러나."

툭―

하늘에서 전화기가 툭 떨어졌다.

와장창창―

이어 피투성이 대방왈자 김천호의 몸이 술상 위로 떨어져 내렸다.

양상경은 이미 정신을 잃은 것인지, 아니면 애초에 죽은 것인지 미동조차 없는 김천호를 잠시 일견하며 입술을 지그시 깨물었다.

"본인, 경기남부지방경찰청 제3광역수사대 팀장 박현이야."

"······!"

"그대만큼 본인도 많이 보고 싶었어."

박현은 씨익 웃으며 짙은 살기를 터트렸다.

＊　　　＊　　　＊

박현을 올려다보는 양상경의 눈동자는 흔들렸다.

"후우—."

이내 한숨을 흘렸다.

"입안이 턱턱 마를 정도로 기운이 무섭군."

양상경은 손을 몇 번 쥐었다 폈다.

"박 형사. 내 그리 불러도 되겠나?"

긴장감은 여전했지만 양상경의 표정은 그 짧은 사이에 많이 차분하게 바뀌었다.

박현은 속으로 피식 웃으며 별말 없이 그를 내려다보았다.

"사람이 말하는데 대답을 좀 하지. 그럼 그냥 박 형사라

부르겠네."

양상경은 제법 친근감 있는 목소리로 입을 열었다.

"날개를 보면 인간은 아닌 듯한데…… 진짜 형사가 맞긴 한겐가?"

"……."

"경찰 조직에 그냥 이면의 검사도 아니고, 신족이라니. 아무리 생각해도 이상해서 말일세."

박현은 더 해보라는 의미로 팔짱을 꼈다.

"인간사에서 살아가는 걸 보면…… 봉황궁 출신은 아닌 듯허고. 아니 이제 용궁이라고 했던가?"

양상경이 하필도를 일견하며 물었다.

"……예, 형님."

"그렇군. 미안하네. 내 이면에 몸을 담고 있지만 그다지 친하지 않아서."

양상경은 고개를 끄덕이고는 다시 고개를 들어 박현을 올려다보았다.

"내 이면에서 한 발 비켜난 삶을 살아가고 있어도 이면에서 태어나 이면을 살아가는 이일세."

양상경의 친근감 가득한 목소리가 미묘하게 바뀌었다.

"이면의 신들이 인간사에 더불어 사는 거야 특별한 일이 아니라지만……."

양상경의 눈빛도 눈에 띄게 가라앉기 시작했다.

"그래도 암묵적인 규칙이 있네. 아시는가?"

양상경의 입꼬리가 조금 말려 올라갔다.

"인간사에 더불어 살아가도 인간사에 직접 개입하지 않는다."

"그래서?"

박현이 느긋한 목소리로 반문했다.

"그 말이 뜻하는 바는 여럿이 아니지."

박현을 대하는 말투도 어느새 달라졌다.

"아니 하나가 아닐까 싶네."

"……."

"이방인. 아니 이방의 신이라고 불러야 하나? 아님 아웃사이더? 외인? 원하는 호칭이 있나?"

"따분하군."

박현은 미간을 찌푸렸다.

"과연."

하지만 양상경은 그런 박현의 모습이 당연하다는 듯 고개를 끄덕여 보였다.

"내 이리 말하여도, 후우—."

양상경은 깊게 숨을 내쉬었다.

"내 살면서 이런 느낌을 받은 건 한 번뿐이었지. 여전히 오금이 떨린다네."

양상경은 뒷짐을 풀고 두 손을 앞으로 내밀었다. 마치 손을 씻은 듯 그의 손바닥은 축축했고, 미세하게 떨리고 있었다.

"그리고 이해했네."

양상경은 주먹을 꾹 쥐었다.

"그만한 힘을 가졌으니, 그대의 눈에 비친 인간들이 얼마나 하찮을까."

양상경은 입술을 지그시 깨물면서 미소를 지었다.

핏발이 선 눈으로.

"정의의 사자, 유희는 즐거우신가?"

"결론이 그건가?"

박현의 물음에 양상경은 고개를 저었다.

"그건 중요하지 않네. 중요하지 않지."

"……."

"중요한 건!"

양상경의 목소리에 힘이 들어갔다.

"그대가 아웃사이더라는 거지."

양상경이 고개를 돌려 잠시 사라졌다 다시 모습을 드러내는 명화를 쳐다보았다.

그녀가 고개를 끄덕여 신호를 주었다.

"시작하라!"

양상경의 명에 명화는 품에서 일반적인 부적보다 서너 배는 큰 부적을 꺼내 바닥에 내려놓았다.

쿵!

바닥에 내려놓은 부적이 불에 타오르며 묵직한 울림을 만들어냈다. 그 울림은 기하학적 모양을 만들어내며 사방으로 퍼져나갔다.

후우우웅—

생각보다 큰 기운에 박현은 고개를 돌렸다.

거대한 한옥을 둘러싼 담벼락을 따라 거대한 해일이 몰려오는 것처럼 결계의 막이 일어나고 있었다. 잠시 후 결계는 돔의 형태로 완성되었다.

"오만한 신아! 인간을 무시하지 마라! 수천 년 잘난 신들의 아귀다툼에서 살아남은 게 바로 우리 인간들이다! 그리고 그 신들을 세상 밖으로 나오지 못하게 만든 것도 바로 우리 인간들이지!"

퉁!

박현은 양상경의 말을 마치 귓등으로 듣는 것처럼 듣는 둥 마는 둥 신력으로 결계를 가볍게 두들겼다.

결계 특유의 출렁거림이 느껴졌다.

"고작 결계를 믿은 건가?"

박현은 피식 조소를 머금으며 양상경을 내려다보았다.

그 시선에 양상경이 눈을 치켜뜨며 그 시선을 피하지 않았다. 박현은 그런 그의 앞으로 툭 떨어져 내려섰다.

그리고 그에게로 한 걸음 다가서는데.

"할로!"

유럽 특유의 악센트를 담은 여인의 인사가 들려왔다.

촤라라라락—

동시에 카드 더미가 펼치지는 소리가 이어졌다.

팡!

박현이 고개를 돌리자, 표창처럼 자신의 목을 노리고 날아오는 십여 장의 카드가 눈에 가득 들어찼다.

"……!"

박현은 재빨리 허리를 젖혀 카드를 피했다.

눈앞을 스쳐 지나가는 카드들은 하나같이 칼이 그려져 있었다.

'……?'

낯선 디자인의 카드였다.

카드 디자인은 일반적으로 보아온 트럼프가 아니었다.

박현은 낯설지만 어디서 한 번쯤은 본 듯한 카드를 눈으로 훑으며 기억을 뒤졌다.

'타로 카드?'

박현은 기억 속에서 한때 젊은이들 사이에서 유행했던 타로 까페에 걸린 타로 카드 더미 그림을 찾아냈다.

박현은 손을 뻗어 일렬로 스쳐 지나가는 타로 카드에게로 손을 뻗어 중간에 위치한 카드 한 장을 손으로 움켜잡았다.

지이잉—

손에 잡힌 카드는 길들어지지 않은 야생의 짐승처럼 마구 날뛰며 박현의 손과 팔목으로 날카로운 기운을 마구 날렸다.

사각 사각 사각!

그 기운이 박현의 팔을 마구 베어갔지만 박현의 신력을 뚫지 못해 아무런 상처도 입히지 못했다.

펑!

박현은 주먹을 꽉 쥐어 움켜쥔 타로 카드를 터트렸다.

"여덟 개의 칼날이 그대를 옥죄지니."

기묘한 울림을 담은 목소리에 중간에 끊어졌던 검, 스워즈(Swards) 카드들이 다시 날카로운 기운을 뿜어내며 박현의 몸을 휘감았다.

그 중 한 장의 검 카드가 박현의 머리 위로 뛰어 올랐다.

박현은 그 카드를 눈으로 쫓아 그림을 읽었다.

카드에는 로마자 8(Ⅷ)이 적혀 있었고, 그 숫자에 맞춰 검 여덟 자루가 한 여인을 위협하고 있었다.

펑!

박현의 머리 위로 날아간 스워드 8 카드는 붉게 터졌다.

그러자 여덟 개의 투명한 칼들이 박현의 주변으로 내려 꽂혔다. 그 칼날에 다른 스워드 카드들이 서로 얽히고설키 더니 흡사 투명한 유리칼로 만든 것과 같은 새장 모양의 창 살 감옥이 되어 박현을 가뒀다.

박현은 자신을 가둔 투명한 창살에 손을 가져갔다.

사각!

날카로운 창살이 박현의 손을 베어왔다.

신력이 몸을 보호하고 있지 않았다면 적어도 손이 깊게 베일 정도로 제법 날카롭기 그지없었다.

"훗!"

박현은 아릿한 손가락을 매만지며 피식 웃음을 삼켰다.

타로 카드, 그리고 카드에 숨겨진 이면의 힘.

'집시 마녀로군.'

고개를 틀어 타로 카드의 주인을 찾았다.

타로 카드를 양 손에 띠처럼 두른 백안의 중년 여성이 눈 에 들어왔다.

집시답게 그녀는 상당히 난해한 패션을 하고 있었다.

눈이 마주치자 중년 집시는 찡긋~ 윙크를 날리며 손가 락을 튕겼다.

박현의 시선은 자연스럽게 그녀 뒤에 서 있는 사내에게로 향했다.

그 사내 역시 패션이 난해한 것이 집시인 모양이었다.

'남편 혹은 애인이자 가드(Guard)인 모양이군.'

박현은 시선을 옆으로 돌렸다.

칼을 든 중년 여인과 검사들이 몇 보였다.

향도계의 3대 무력단체 중 홍동계 아니면 살주계가 분명했다.

주변에서 뒤끓는 기운을 보면.

'둘 모두겠군.'

두어 겹?

아니 느껴지는 기의 파동을 보면 적어도 인간 띠를 세 겹은 두른 것 같다.

그래 봐야.

박현은 느긋하게 고개를 돌려 양상경을 쳐다보았다.

눈이 마주치자 그는 본능적으로 흠칫거렸다.

"이게 끝?"

박현이 물었다.

"그럴 리가."

양상경은 애써 긴장감을 감추며 손을 들어올렸다.

콱! 콰콰콱!

그러자 고래잡이에나 쓸 것 같은 두꺼운 쇠작살이 벽을 뚫고 툭툭 튀어나왔다.

콰르르르르—

잠시 후 벽면이 통으로 뒤로 넘어갔다.

벽이 무너지며 자욱하게 피어나는 먼지 뒤로 역시나 예상대로 백여 명에 달하는 검사들이 모습을 드러냈다.

무당도 네댓 보였다.

"내가 준비한 건 바로 이것이라네."

양상경이 뒤로 빠지자 무당 하나가 방위를 잡으며 자리를 틀고 앉았다.

촤라랑—

그는 무당방울을 흔들며 신언을 터트렸다.

"비나이다, 비나이다! 하늘에 계신 조상님들이시여~, 감히 잡신(雜神) 하나가 인간 세상을 어지럽히고 있나니~, 후손들을 어여삐 여겨~."

짧은 시간에 절정에 치달은 박수무당은.

촤라라라랑!

"귀신 부리는 비형랑이시여!"

나뭇가지에 종이 하얀 종이 술을 풍성하게 달아 만든 신장대를 쥔 사내를 향해 방울을 흔들었다.

파르르르— 툭!

그러자 신장대잡이 역을 맡은 박수무당의 몸이 가볍게 튕겼다.

좌라라라랑!

"귀신 잡는 밀본 법사시여!"

두 명의 신장대잡이의 눈에서 시퍼런 신기가 폭사되기 시작했다.

"소동파께서 이르신다! 비형랑은 옥갑경을~, 밀본 법사께서는 옥추경을 읊으시란다! 얼쑤!"

경잽이의 전언에.

"얼쑤!"

"얼쑤!"

두 신장대잡이가 신장대를 바닥에 찧으며 덩실덩실 어깨를 들썩이며 경을 읊기 시작했다.

"즉시옥갑경은 약인가중에 생시화지도야라. 세강속말에 인물이총총하고 인민개중에 귀신이분분하야, 인신이 잡여고로 옥황상제 대로하사 즉설박어 세상하시니…… 옴 급급여률령!"

"청조는발령. 천상신장대장신 지하신장대장신 오방신장대장신…… 제악귀신등 급급결박 차내루함소멸…… 옴 급급여률령!"

두 신장대잡이가 각각 옥추와 옥갑 경[1]을 읊기 시작하자,

그들의 입에서 말하는 대로 경의 글자가 흘러나오기 시작했다.

두 경을 이루는 글자들은 태극처럼 서로를 마주하며 박현의 몸 주변을 에워 감싸기 시작했다.

"크르르르르!"

유형의 글이 몸을 휘감으며 좁혀오자 확실히 몸이 무거워지기 시작했다.

기분 나쁜 끈적거림에 박현은 슬그머니 울음을 내뱉었다.

좌라라라라라라!

"두 삿대잡이는 검사들에게 항마의 기운을 실으라!"

경쟁이의 명에 두 삿대잡이는 삿대에 유형의 신언을 휘감아 사방으로 뿌려대기 시작했다.

그러자 옥경과 옥추 경의 진언의 글자들이 검사들의 검에 스며들기 시작했다.

"이거."

박현의 미간이 찌푸려졌다.

서서히 늪에 빠지듯, 아니 더욱 깊은 심해에 빠진 듯 숨이 답답하다 여겨질 정도로 주변에서 밀어닥치는 압력은 상상 이상이었다.

"소동파께서 명하신다! 귀신을 때려죽여라!"

경잽이 박수무당은 귀신잡이, 혹은 귀신가두기 굿[2]을 마무리 지으며 훌쩍 뒤로 물러났다.

후아아아아!

백여 명의 검사들이 동시에 항마의 기운을 내뿜으며 박현을 향해 칼을 세웠다.

"어떤가? 이 몸이 준비한 것이."

굿이 완성돼서일까.

긴장감을 지운 양상경이 자신감 넘치는 표정으로 박현을 바라보았다.

"제아무리 날고 기는 신이라 하여도! 이 굿만은 벗어나지 못할 터."

"그래?"

"네놈이 이제 겪을 것은 지옥뿐이다!"

그 말에 박현은 입꼬리를 비틀며 비형랑을 불렀다.

"이거 너를 부른 거냐, 너의 선조를 부른 거냐?"

그 말에 어둠 속에서 비형랑이 어둑시니와 조완희의 도움을 받아 결계를 뚫고 모습을 드러냈다.

굿판에서 느껴지는 익숙한 기운에 비형랑은 얼굴을 일그러트렸다.

『누가 감히 비형의 이름을 함부로 올리는 것인가!』

비형랑은 분노에 찬 목소리를 터트렸다.

"즉시옥갑경은 약인가중에 생시화지도야라……, 꺼억! 쿨럭!"

그 외침에 비형랑의 기운을 받아들였던 신장대잡이가 피를 토하며 바닥으로 쓰러졌다.

쩌정!

그의 독경이 무너지자 박현을 에워싼 항마의 기운이 흔들리기 시작했다.

"크르르르."

박현은 자신을 가둔 타로 마법의 창살을 움켜잡았다.

파장창창창!

이어 흑호로 화하며 단숨에 창살을 부숴버렸다.

"크하아아아앙!"

타로 마법이 만들어낸 창살 감옥을 나온 박현은 울음에 신력을 담아 포효했다.

쩌정— 쩌저정— 파장창창창!

그 포효에 박현을 옥죄던 항마의 기운이 완전히 부서져 허공 속으로 흩어지기 시작했다.

"어, 어떻게…… 굿이…….''

굿판이 깨지자 양상경의 얼굴이 하얗게 변했다.

『장난은 여기까지.』

박현은 양상경을 바라보며 목을 두둑 꺾었다.

*용어

1) 옥추와 옥갑 경: 중국 시인 소동파가 귀신들이 설치는 섬 강남 해도로 귀양 갈 때, 하늘에서 신선이 '네가 이걸 외면 모든 귀신들이 꼼짝하지 못할 것이다!'라고 하며 내려준 책으로, 소동파는 옥경과 옥추 경으로 귀신들을 물리쳤다 한다.

2) 귀신가두기 굿: 악귀를 잡아 가둠으로써 병을 낫게 하는 앉은굿의 일종.

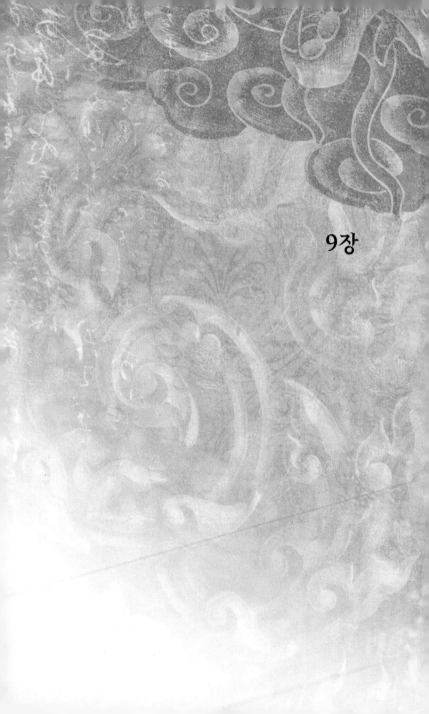

9장

좌라라락— 척!

박현이 양상경을 향해 손을 뻗는데 진언의 글자 띠가 날아와 손목을 휘감아 당겼다.

"크르르?"

박현이 팔에 힘을 주며 진언의 글자 띠가 날아온 곳에 시선을 옮겼다.

그 시선 끝에는 밀본 법사[1]의 힘을 잠시 빌은 신장대잡이 무당이 있었다.

<u>그르르르르!</u>

비록 귀신잡이 굿판을 이루는 두 축 중 비형의 축이 무

너졌다고는 하지만 여전히 또 다른 하나의 축은 살아 있었다.

밀본법사의 힘이 살아남아 축이 삐거덕거리면서도 용케 굿판의 항마를 이어가고 있었다.

쾅!

박현은 밀본 법사의 힘을 쏟아내는 신장대잡이 무당 앞으로 튀어나가며 그를 발로 걷어찼다.

하지만.

신장대잡이 무당은 뒤로 홀쩍 물러나며 진언의 글자들을 휘감아 신장대를 휘둘렀다. 그러자 진언의 글자들이 둥글게 모여 원형의 방패를 만들어냈다.

그에 박현의 묵직한 발길질은 막히며 큰 울림만 만들어냈을 뿐이었다.

"크르르르!"

박현은 뒤로 한 걸음 물러나며 허리를 크게 틀었다.

콰앙!

그리고는 있는 힘껏 진언의 글자로 이뤄진 방패를 향해 주먹을 내질렀다.

파지직!

항마의 기운과 검은 박현의 신기가 서로 엉키며 둘 사이에 불꽃이 튀었다.

하지만 그것도 잠시.

검은 기운이 항마의 기운을 완전히 잡아먹어 버렸다.

그러자 방패를 이루고 있던 글자들이 쩍쩍 갈라졌다.

콰득!

박현은 갈라진 방패 틈 사이로 양손을 끼워 넣고 가차 없이 방패를 찢어발겼다.

"헛!"

그러자 신장대잡이 무당이 뒤로 훌쩍 뒤로 물러나고, 기다렸다는 듯이 향도계 검사들이 박현을 에워 감쌌다.

그런 그들의 칼날에는 다들 서너 자(字)의 붉은 글자들이 담겨있었다.

"죽여랏!"

길게 머리를 묶은 말총머리 사내의 명에 향도계 검사 몇이 박현을 향해 칼을 베어갔다.

카드드득!

박현은 대합의 힘으로 등 뒤를 베어오는 검을 막았다.

하지만 박현의 눈매가 순간 꿈틀거렸다.

백합의 단단한 껍질이 항마의 글자에 버티지 못하고 패여 버린 것이었다.

서걱—

허벅지에도 칼날이 베고 지나갔다.

'흡!'

그 순간 박현의 동공이 살짝 커졌다.

칼날에 담긴 글자가 상처로 스며들자, 마치 독에 당한 것처럼 허벅지에 힘이 탁 풀려버린 것이었다. 결국 박현은 한쪽 무릎을 바닥에 찧고 말았다.

서걱— 서거거걱!

이어 수 줄기의 핏물이 박현의 등과 어깨, 옆구리에서 뿌려졌다.

"크르르르르!"

박현은 어금니를 드러내며 깊은 울음을 흘렸다.

쑤아아악!

그런 박현의 목을 향해 칼 한 자루가 빠르게 찔러 들어왔다.

카득!

박현은 재빨리 칼날을 향해 손을 뻗었다. 그리고 박현의 손바닥 안으로 조개껍데기가 만들어지며 칼날을 단단히 물었다.

"히익!"

칼날이 잡힌 검사가 박현의 손가락을 잘라버리기 위해 칼을 비틀었지만 바위 틈에라도 박힌 것처럼 움직이지 않았다.

파장창창!

박현은 칼날을 반으로 부러트리며 자신 앞에 서 있는 검사의 얼굴을 발톱을 세운 앞발로 갈라버렸다.

푹!

박현은 얼굴로 튀는 피를 뒤로하고 몸을 돌려 가슴을 베어오는 다른 검사의 이마에 부러진 칼날을 쑤셔 박았다.

털썩!

박현은 이마에 칼날이 박혀 절명한 검사를 옆으로 툭 밀어내며 몸을 일으켜 세웠다.

『이 새끼.』

신장대잡이 무당은 박현과 눈이 마주치자 주춤 뒤로 물러났다.

"정신 차렷!"

말총머리 검사, 홍동계의 대방왈자는 겁에 질려 뒷걸음치는 신장대잡이 무당을 향해 소리를 버럭 지르며 앞으로 나아갔다.

그를 등 뒤로 보호하기 위함이었다.

"굿판을 키우게! 어서!"

말총머리 대방왈자의 말에 신장대잡이 무당은 신장대를 마구 흔들며 목소리를 키우기 시작했다.

"소동파께서 이르셨다! 옥갑과 옥추의 축이 무너졌으니,

밀본 법사께서는 약사경을 읊음이 어떠신가 하시다!"

경잽이 무당의 말에 신장대잡이 무당이 신장대를 다시 다시 움켜잡으며 목소리를 다시 키우기 시작했다.

"무상심심미묘법 백천만겁난조우 아금문견득수지 원해 여래진실의……."

쿠웅!

말총머리 대방왈자를 중심으로 얼추 열 명에 가까운 검사들이 박현을 이중으로 둘러쌌다.

"옴 아라남 아라다 옴 아라남 아라다!"

신장대잡이 무당은 눈을 뒤집은 채 그 자리에서 총총 뛰며 말총머리 대방왈자를 비롯해, 홍동계 검사들에게 약사경 진언의 글자들을 뿌려댔다.

진언에 힘을 받은 검사들은 다시금 우직하게 박현을 압박해나가기 시작했다.

"죽엿!"

말총머리 대방왈자.

팟!

그 명에 칼날에 진언의 글자를 더덕더덕 붙인 검사 하나가 허공으로 뛰어 올라 박현의 머리를 노렸다.

'성가시군.'

신장대잡이 무당을 바라보는 박현의 둥근 눈동자가 세로

로 가늘게 찢어졌다.

"쉬이—."

박현의 입술 사이로 가는 숨이 흘러나왔다.

쐐애애액!

박현의 머리 위로 칼날이 떨어지기 직전.

"쉬익!"

박현의 숨결이 높아졌다.

스르르—

동시에 박현의 몸이 땅바닥으로 툭 꺼졌다.

"샤하아—."

순식간에 진체를 흑사로 바꾼 박현은 검사들의 다리 사이를 스쳐지나가 신장대잡이 무당 앞에 섰다.

턱!

박현은 다시 흑호의 모습으로 신장대잡이 무당의 목을 움켜잡았다.

"꺼억!"

우득!

신장대잡이 무당이 채 숨을 틀어 막히기도 전에 그의 목을 부러트렸다. 그 광경을 멍하니 쳐다보다가 이내 짙은 살기를 내뿜는 말총머리 대방활자를 쳐다보며 입을 열었다.

『완희야, 일 좀 하자.』

박현은 스물스물 밀려오는 진언의 글자를 발로 밟아 바스러트리며 조완희를 쳐다보았다.

"한다."

그 말에 조완희는 어깨를 으쓱이며 허공에 부적을 뿌렸다.

부적이 향한 곳은 신장대잡이 무당이 살아 있을 때 뿌려놓은 진언의 글자를 조정하는 경잽이 무당이었다.

"신성한 무속에 사리사욕을 채우다니! 죽어야 정신을 차리겠구나!"

조완희는 허공에 뿌려진 부적을 밟고 경잽이 무당을 향해 날아갔다.

조완희는 박현에게 있어 무엇이든 편히 믿고 맡길 수 있는 인물이었다.

그리고 아니나 다를까.

사방으로 날뛰던 진언의 글자들이 바닥으로 후드득 떨어져 내리기 시작했다.

파삭!

박현은 바닥에서 꿈틀거리는 진언의 글자를 발로 비벼 뭉개며 말총머리 대방왈자를 비롯해, 그가 이끄는 홍동계 검사들을 향해 몸을 돌렸다.

눈이 마주치자 몇몇 검사들은 입술을 지그시 깨물었고, 몇몇 검사들은 주춤 어깨를 떨었다.

박현은 그런 그들을 바라보며 어금니가 번질거리는 사나운 미소를 드러냈다.

팟!

그리고 박현의 신형이 그 자리에서 사라졌다.

그가 다시 모습을 드러낸 곳은 다름 아닌 홍동계 검사들의 한복판이었다.

"크하아아앙!"

박현은 털을 곤두세우며 거대한 울음을 터트렸다.

호랑이의 울음.

그 울음이 터지면 호랑이의 사냥은 사냥이 아닌 살육의 판으로 바뀐다.

왜냐하면 그 울음 앞에서 견딜 짐승, 아니 먹이는 아무도 없기에.

퍽퍽퍽— 퍼석!

박현의 주먹에, 발톱에 홍동계 검사들은 머리가 부서지고, 가슴이 걸레처럼 찢겨나갔다.

"하앗!"

"죽엇!"

울음을 견딘 검사 몇이 두려움을 이겨내고 박현의 등과 허벅지, 어깨로 검을 날렸지만 그들의 검은 박현의 털끝조차 건들지 못했다.

카가강—

그건 바로 불쑥불쑥 튀어나와 박현의 몸을 보호하는 수 개의 조개껍데기 때문이었다.

"죽어라!"

지칠 법도 하건만.

"크핫!"

"하앗!"

홍동계 검사들은 목숨을 도외시하듯 박현을 향해 달려들었다.

한 손으로 하늘을 가릴 수는 없는 법이라고 했던가.

그들의 검은 박현의 눈을 상당히 어지럽혔고.

쐐애애액!

벚꽃처럼 빠르게 피었다 사라지는 조개껍데기 사이로 은밀하게 칼 한 자루가 파고들었다.

바로 말총머리 대방왈자였다.

눈앞으로 찔러 들어오는 칼날에 박현은 재빨리 고개를 틀며 양손으로 그의 칼날을 움켜잡았다.

"하앗!"

말총머리 대방왈자는 그 순간 환도를 손에서 놓으며 단검을 뽑아 박현의 머리를 찍어갔다.

캉!

조개껍데기가 머리 위에서 피어나 그의 검을 막았다.

하지만.

퍼석!

조개껍데기가 단숨에 부서져 나갔다.

'사인검?'

형태는 현대식 단검이었지만, 그 안에 담긴 것은 벽사용 (僻邪用) 기운이었다.

푹!

박현은 머리를 보호하기 위해 재빨리 손바닥을 활짝 펼쳤다. 그에 사인의 기운을 담은 단검은 박현의 손바닥을 뚫고 박현의 눈앞에서 툭 멈췄다.

치익—

말총머리 대방왈자는 처음으로 입가에 미소를 드러내며 부적 한 장을 꺼내들었다. 그리고는 그 부적을 손에 담아 단검을 후려쳤다.

쩌엉!

부적이 부서지며 만들어진 항마의 기운이 날에 새겨진 사인의 칼날을 타고 날뛰며 박현의 손바닥으로 파고들었다.

파지지직!

그러자 박현의 몸 주변으로 붉은 번개가 튀었었다.

"크흐으, 크르르."

박현은 적잖은 충격을 받은 듯 휘청거렸다.

겨우겨우 신형을 유지하는 박현을 보며 말총머리 대방왈 자가 소리를 높였다.

"지금이다!"

쿠웅—

박현의 주변으로 바닥에서 검은 점들이 피어났다.

쑤아아아악!

그 점들에서 시퍼런 칼날이 튀어나왔다.

이제껏 숨죽이고 있던 향도계의 마지막 조각.

살주계 검사, 아니 살수(殺手)들이었다.

"홋!"

제아무리 신이라도 사인검의 기운에 당한 이상 살주계의 살검을 피하지는 못할 터.

말총머리 대방왈자는 여전히 사인의 기운에 정신을 차리지 못하는 박현을 보며 차가운 미소를 지었다.

하지만 그 미소도 잠시.

"……!"

비틀거리던 박현이 고개를 돌려 자신을 쳐다보며 비릿한 미소를 짓는 게 아닌가.

쾅!

언제 비틀거렸냐는 듯 박현은 발을 들어 어둠 속에서 튀어나오는 살수를 그대로 밟아 죽여 버렸다.

퍼석— 퍼석!

마치 두더지 잡기 게임이라도 하는 것처럼 박현은 튀어나오는 살수들의 머리를 하나하나 부숴버렸다.

"꺼억!"

그리고 마지막으로 튀어나온 그림자의 목을 그대로 움켜잡았다.

『잡았다, 이 쥐새끼들.』

그 그림자의 주인은 바로 살주계 대방 명화였다.

파직, 파지직—

"크하아앙!"

박현이 숨을 크게 들이마신 뒤 울음을 터트리자, 그의 몸에서 튀던 사인의 불꽃이 터지듯 사라졌다.

『암적!』

스스스스스슷—

『이제 우리한테 맡기시오.』

그 말에 기다렸다는 듯이 어둠 속에서 어둑시니들이 몸을 일으켜 세웠다.

퍽! 퍽!

"으악!"

"끄아악!"

그러자 땅 곳곳에서 마치 수박이 터지는 듯한 소리와 함께 붉은 피가 꽃처럼 피어나기 시작했다.

철퍼덕!

박현은 살주계 대방 명화의 시신을 양상경에게 던지며 입을 열었다.

『이제 더 남은 패가 있나?』

있을 리가 없다.

마지막 패까지 삭삭 끄집어내기 위해 연극까지 했는데.

박현은 흔들리는 양상경의 눈동자를 지그시 바라보며 입을 열었다.

『그렇다면 이제 남은 건 그대의 지옥뿐이군.』

"크하아아앙!"

박현은 울음을 터트리며 그의 마지막을 알렸다.

*　　*　　*

동틀 무렵.

피바람이 할퀴고 지나간 향도계, 본계.

사랑채는 폭격을 맞은 듯 폭삭 무너져 있었고, 주변으로는 붉은 피로 된 소나기가 내린 듯 바닥은 피로 질퍽했다.

"후우―."

오성식 부장은 비릿한 혈향에 미간을 찌푸리며 장내를 둘러보았다.

"이거 우리 팀만으로는 힘들겠는데요."

장내를 한 번 둘러본 팀원, 이기혁이 다가왔다.

"지원 부를까요?"

이혜연.

"지원? 어디에?"

"그거야……."

이혜연이 대답을 하려다가 입을 다시 닫았다.

검계를 담당하는 향도계가 피바다가 되었을뿐더러, 갑작스러운 사안이라 뒤늦게 이 일을 안 8팀도 아마 난리가 났을 것이다.

더욱이 그 흉수가 10팀인지도 모를 것이고.

"아님 9팀이라도."

"9팀이라."

9팀의 부장을 아예 모르는 것은 아니지만, 그렇다고 살갑게 일은 부탁할 정도로 가까운 사이도 아니었다.

좀 더 깊게 말하자면 9팀 부장은 8팀 부장인 전원책과 더 가까우면 가깝지 자신은 아니었다.

이래저래 골치 아플 때였다.

부르르릉!

우렁찬 트럭 엔진 소리가 들려왔다.

처음에는 그냥 지나가는 공사 트럭이라 여겼는데.

"이 부장! 얼른 공사 가림막 세워! 시간 없다!"

우당탕탕― 철제 기구들이 트럭에서 쏟아져 내리는 소리가 들려왔다.

"최 부장은 아무도 접근 못 하게 접근 차단하고! 빨빨리 움직여!"

"예!"

"예!"

그러더니 대문 위로 철제빔들이 쭉쭉 올라가기 시작했다.

사건 현장에 공사라니.

오성식 부장은 얼굴을 굳혔다.

"뭔지 당장 알아봐!"

그 말에 국정원 10팀 팀원들이 허겁지겁 밖으로 튀어 나갈 때였다.

끼익―

대문이 살짝 열리며 정장을 입은 중년 사내가 안으로 들어왔다.

"당신 뭐야?"

이기혁이 그에게 다가가며 으름장을 놓았다.

"오성식 부장님이 어떤 분이신지."

넉살 좋게 오성식 부장을 찾는 이는 다름 아닌 일청파 부회장이었던 강두철이었다.

"……부장님?"

이기혁은 어색한 표정을 지으며 오성식 부장을 쳐다보았다.

"씨발. 당신 누구야?"

오성식 부장은 머리를 박박 긁으며 강두철에게로 다가갔다.

"처음 뵙겠습니다. 강두철이라고 합니다."

강두철은 건축회사 명함을 내밀었다.

"건축회사?"

오성식 부장은 명함을 대충 훑으며 물었다.

"박현 님이 손이 부족할 거 같다고 도와주라 하셔서 이렇게 찾아왔습니다. 연락은…… 못 받으신 모양이군요."

"박현 님?"

오성식 부장은 다시 명함을 내려다보며 명함에 박힌 이름을 읽어냈다.

"……일청파?"

오성식 부장의 말에 강두철이 씩 웃었다.

"장내 정리는 우리에게 맡기시면 됩니다."

"하지만……."

이혜연.

처음 박현의 이름이 나왔을 때 움찔했지만 이내 못 미더운 표정으로 강두철을 쳐다보았다.

"하지만 당신들이."

"믿어보세요. 이런 뒤처리가 우리 전문이니까."

강두철이 고개를 돌렸다.

"최 부장!"

"예, 형님."

험악하게 생긴 떡대가 찾아와 허리를 꾸벅 숙였다.

"일단 피 냄새부터 지워야겠다."

"안 그래도 준비하고 있었습니다. 애들아!"

최 부장이라는 자가 소리치자 험상궂게 생긴 인부들이 커다란 약품 통을 들고 안으로 들어왔다.

"……부장님?"

강두철의 말 따라 일사불란하게 피를 지우고 시신을 수습하는 모습을 보자 이혜연은 얼떨떨한 표정으로 오성식 부장을 조용히 불렀다.

"혜연이, 그리고 기혁이."

"예, 부장님."

"남아서 정리하고 들어와."

오성식 부장은 강두철을 불렀다.

"그리고, 강 회장. 나랑 이야기 좀 합시다."

"그럽시다."

오성식 부장과 강두철은 조용히 외곽으로 향했다.

"다름 아니고……."

오성식 부장이 막 입을 열 때였다.

♪~♩♪~♩♫~

그의 휴대폰에서 벨이 울렸다.

"아, 예. 박현 님."

오성식 부장은 강두철을 힐끗 일견하며 전화를 받았다.

『거기 강 회장 갔죠?』

"예."

『그럼 거기 맡기고, 청담동으로 와요.』

"네?"

『주소는 문자로 보냅니다. 그럼.』

툭— 전화가 끊겼다.

박현은 전화기를 품에 넣으며 운전석에서 고급 빌라를
올려다보았다.

"여기야?"

"시방 지금 나를 못 믿는 거여야?"

서기원이 선글라스를 고쳐 쓰며 말했다.

"진실의 방에 들어가면은, 다 진실을 말하게 되어 있어야."

박현은 못 말리겠다는 듯 고개를 저으며 이선화를 불렀다.

"선화야."

"지금 알아보고 있어요."

이선화는 눈에 귀기(鬼氣)를 머금고 있었다.

"있어요!"

"혼자는 아니겠지?"

"여자 셋에 남자가 둘 더 있어요."

"둘?"

박현이 잠시 미간을 찌푸렸다.

"누군지 알아보겠어?"

"한 명은 국제그룹 막내가 분명한데, 한 명은 모르겠어요."

"잡아 보면 어느 집 자제인지 알겠지."

끼리끼리 논다 했으니.

"근데……."

이선화가 얼굴을 찌푸렸다.

"뭔데?"

"어젯밤 술만 마신 게 아니라 마약을 한 거 같은데요."

"마약?"

박현의 눈매가 가늘어졌다.

"술병이 널브러진 거실 테이블에 하얀 가루가 뿌려져 있어요."

"그렇단 말이지."

"밀가루가 아니라면요."

이선화의 농에 박현은 피식 웃음을 삼켰다.

"애써 준비할 필요가 없었구만."

박현은 아공간에 넣어둔 마약을 떠올렸다.

"그럼 갈까?"

"근데 영장은?"

조완희가 물었다.

"그러게 좀 늦네."

박현은 이마를 찌푸리며 전화기를 들었다.

"고 검사, 영장은?"

《생각보다 판사가 완강하게 버티고 있습니다.》

"국제그룹 때문인가?"

《국제그룹도 국제그룹이지만, 이후 파장을 걱정하는 거 같습니다.》

"쯧."

박현이 혀를 찼다.

《걱정하지 마십시오. 10분 안에 영장 나올 겁니다.》

"10분?"

《오 부장의 도움을 받아 담당판사 비리 몇 개를 잡아놨습니다. 목줄 죄어놨으니 더는 못 버틸 겁니다.》

"그럼 믿고 들어간다."

《발부받는 대로 문자 넣겠습니다.》

박현은 전화를 끊으며 차 문을 열었다.

"가자."

"잉? 차 타고 안 가야?"

"주차장에 경비실에 귀찮아. 그냥 한 번에 들어가자."

박현의 말에 조완희와 서기원, 이선화가 차에서 내렸다.

"선화야, 입구 문 열어."

이선화의 눈에서 귀광이 잠시 번뜩였다.

"열었어요."

팟!

그 말이 끝나기가 무섭게 박현의 신형이 그 자리에서 사라졌다. 그리고 모습을 드러낸 곳은 평소에는 굳게 닫혀 있는 유리문 앞이었다.

활짝 열린 유리문 뒤로 아기 귀신이 두 손을 모아 배꼽 인사를 건넸다.

박현은 그런 아기 귀신의 머리를 한 번 쓰다듬은 뒤 엘리베리터 앞으로 걸어가 버튼을 눌렀다.

띵—

가벼운 종소리와 함께 엘리베이터 문이 열렸다.

박현은 조완희와 서기원, 이선화를 데리고 엘리베이터에 올라탔다.

"이야, 꼴랑 2층인데 엘리베이터가 다 있어야."

서기원의 말에 박현은 피식 웃으며 2층 버튼을 눌렀다.

잠시 후, 엘리베이터 문이 다시 열렸고, 좁은 복도에 간이 책상이 먼저 눈에 들어왔다.

책상에는 두 명의 경호원이 앉아 있었다.

그들도 엘리베이터 소리를 들은 듯 박현과 일행을 보자 자리에서 일어났다.

"실장님 약속이 있었나?"

"없는 걸로 알고 있는데."

둘이 대화를 나누며 자리에서 일어나 박현에게로 걸어왔다.

경호원은 손을 뻗어 엘리베이터에서 내리지 못하게 막으며 박현과 일행들을 위아래로 훑었다.

"어디서 오셨습니까?"

그래도 일단 예의를 차리는 모습이었다.

"본인?"

박현이 품에서 신분증을 꺼내 보였다.

경찰 신분증을 보자 경호원의 얼굴이 구겨졌다.

"잘못 오신 거 같습니다."

"아냐, 바로 왔어."

"이곳은 사유지입니다. 영장 가져오지 않으신 거라면 그냥 돌아가시지요."

"영장?"

박현이 반문하자 경호원의 표정이 좀 더 굳어졌다.

"여기가 어딘 줄 알고. 크게 다치고 싶지 않으면 좋은 말할 때 꺼져라."

경호원은 나직하게 으름장을 흘리며 박현을 엘리베이터 안으로 밀어 넣으려 했다.

띠링—

박현의 품에서 문자 알람이 울렸다.

"잠깐."

박현은 손을 들어 경호원을 멈춰 세운 후 전화기를 꺼냈다.

"어쩌나. 영장 나왔다네."

박현이 전화기 화면을 경호원을 향해 흔들어 보였다.

그러자 경호원의 눈빛이 서늘하게 바뀌었다.

"이야, 살기 뿌리는 거 봐라."

은은한 살기에 박현이 품 안으로 전화기를 넣으며 피식 웃음을 쪼갰다.

"그러다 사람 죽이……."

"이런 씨부럴 새끼. 감히 형사한테 살기를 뿌려야!"

휙~

서기원이 박현을 휙 스쳐 지나가더니 도깨비방망이를 꺼내 경호원의 얼굴을 그대로 후려갈겼다.

쾅!

어마어마한 힘이 담긴 풀스윙에 경호원의 몸이 그 자리에서 한 바퀴 돌며 바닥으로 쓰러졌다.

칙— 칙—

"티, 팀장……."

심상치 않은 분위기에 뒤에 떨어져 있던 다른 경호원이 재빨리 무전기를 잡았다.

쾅!

그 순간 박현이 축지를 밟으며 경호원의 머리를 움켜잡았다. 그리고는 그대로 벽으로 처박았다.

"꺼억—."

경호원은 눈이 뒤집히며 바닥으로 툭 떨어져 내렸다.

박현은 손을 탁탁 털며 굳게 닫힌 현관문으로 걸어가 섰다.

"제가 열까요?"

"아니야, 됐어."

박현은 현관문으로 손을 뻗었다.

콰드드득 쾅!

박현은 현관문을 이룬 두꺼운 철판을 손가락으로 잡아 뜯으며 열었다.

"그럼 들어갈까?"

박현이 일행을 보며 눈웃음을 짓는 순간.

쐐애애액!

집 안에서 내력을 담은 발이 박현의 머리를 노리고 튀어나왔다.

*　　　*　　　*

"다녀오지."

국제그룹 회장 민경욱 회장이 막 집을 나설 때였다.

"회, 회장님."

오십을 넘은 국제그룹 비서실장이 허겁지겁 다가왔다.

"아침부터 뭔 일이야?"

비서실장 김성태는 민경욱 회장의 사모의 눈치를 슬쩍 보며 회장의 귀로 입을 가져갔다.

"조금 전 청담동 별장에 수색영장이 떨어졌습니다."

"청담동?"

민경욱 회장이 낯을 찌푸리며 되물었다.

"청담동이면 막내 놀이터예요. 그런데 수색영장이라니요?"

"쯧."

부인의 말에 민경욱 회장이 혀를 차며 김성태 비서실장을 쳐다보았다.

"어떤 미친 새끼가 수색영장이야, 수색영장이."

"근데 지금 그게 문제가 아닙니다."

"그게."

김성태 비서실장은 바로 대답하지 못하고 다시 사모의 눈치를 살폈다.

"별일 아닐 테니 들어가."

민경욱 회장은 김성태 비서실장을 데리고 주차장으로 내려갔다.

"말해 봐."

"지금 막내 실장님이 친우분들이랑, 마약을……."

"뭐?"

민경욱 회장의 목소리가 커졌다.

"이 새끼가, 아직도 약을 하고 있었어?"

"가끔 기분 전환 삼아 하시는 걸로 알고 있습니다."

"친우는 개뿔. 어디 분칠한 것들이랑 있겠지."

"물론 그렇지만 그룹 손님하고 최앤장 최 대표 둘째 자제분도 지금 그 자리에 함께 있습니다."

민경욱 회장의 얼굴이 굳어졌다.

"경호는?"

"날파람 하 사장네 경호원이 붙어 있습니다."

그 말에 민경욱 회장의 얼굴에 일단 안도감이 들었다.

"일단 경찰 들이닥치기 전에 피신시켜. 만약 일이 급박해지면 한둘 정도 죽여도 무방하다 하고."

"예, 회장님."

"그리고 어떤 새끼가 겁 없이. 누군지 당장 알아내! 아니 내 눈 앞으로 끌고 와! 알았어?"

"회사에 들어가는 즉시 바로 알아보고 처리하겠습니다."

민경욱 회장이 차에 올라타자 김성태 비서실장도 재빨리 보조석에 탔다.

"그리고 최앤장 최 대표한테 전화 넣어. 법조계는 그 집이 꽉 잡고 있으니까."

"예, 회장님."

민경욱 회장은 전화기를 꺼내는 김성태에게서 눈을 떼며 주먹을 말아쥐었다.

"어떤 새끼가 감히 겁 없이."

빠드득!

민경욱 회장은 시퍼런 눈을 띠며 이를 갈았다.

*용어

1) 밀본 법사: 신라 선덕여왕 때의 불교 밀종의 고승
으로 법력으로 선덕여왕의 병을 고치고, 귀신을 쫓아
낸 일화들이 삼국유사에 전해진다.

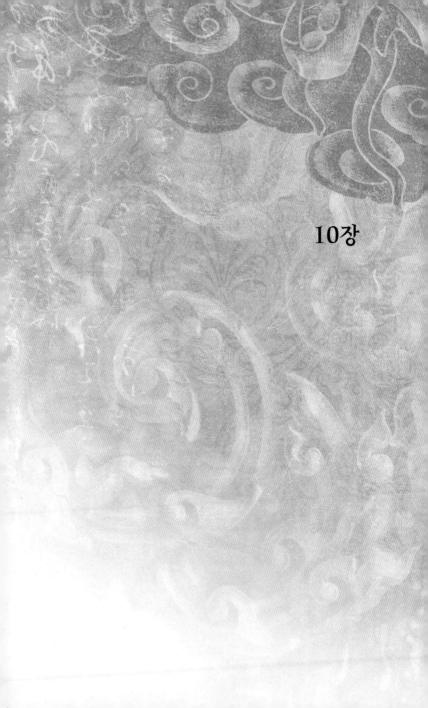

10장

♪~♩♪~♩♫~

"씨발!"

8시가 갓 넘은 시간.

청장 민승기는 휴대폰 화면을 보자 욕을 내뱉으며 벨소리를 껐다. 하지만 휴대폰은 지치지도 않는 듯 금세 다시 제 소리를 내기 시작했다.

"아주 돌아가면서 지랄을 해요, 지랄을."

민승기 청장은 휴대폰 뒷커버를 열어 배터리를 뺀 후 탁자에 집어던졌다.

그러자.

♪~♩ ♪~♩ ♫~

이번에는 사무실 유선 전화기가 울리기 시작했다.

"우와~, 진짜 사람 돌게 만드네."

민승기 청장은 전화기를 들었다.

"야, 민승기! 너 쳐 돌았……."

뚜— 뚜— 뚜—

민승기 청장은 전화기를 끊은 뒤, 내선 전화를 들었다.

"오늘 걸려오는 전화 다 잘라! 아니야, 아예 선 다 빼! 알았어?"

쾅!

민승기 청장은 거칠게 수화기를 내려놓은 다음에 소파로 걸어가 털썩 주저앉았다.

부르르르

그때 휴대폰 진동이 느껴졌다.

"휴우— ."

그의 사선에 앉아 있던 안필현 대장이 한숨을 내쉬며 슬쩍 눈치를 봤다.

"너도냐?"

"저라고 별수 있겠습니까?"

"그냥 전화기 꺼."

"안 그래도 그러려고 했습니다."

안필현도 휴대폰을 이래저래 만져 전원을 꺼버렸다.

"동향이라고 우기는 대법원장에, 뭔 듣도 보도 못한 초등학교 선배라는 검사장에……, 세상에 내 인맥이 이리 넓은지 요즘 처음 알았다."

민승기 청장은 담배를 입에 물었다.

"개새끼들."

민승기 청장은 담배 필터를 으깨듯 깨물며 라이터를 켰다.

"금연……."

"오늘 같은 날은 좀 그냥 피우자. 너도 한 대 펴. 이거라도 펴야지, 안 그랬다가는 울화통 터져 죽겠다."

민승기 청장이 갑에서 담배를 하나 꺼내 내밀었다.

"너도 그냥 한 대 펴, 인마."

"감사합니다."

둘은 담배에 불을 붙이고 잠시 머리를 비웠다.

"그러고 보니 넌 몇 시부터였냐?"

"네?"

"전화."

그 물음에 안필현은 쓴웃음을 지었다.

"여섯 시 좀 넘은 거 같은데, 전화기가 불이 나서……."

"하긴. 영장이 그 시간쯤이지?"

"네."

안필현은 고개를 끄덕이며 담배를 비벼 껐다.

"그나저나 우리 괜찮을까?"

민승기 청장은 천장을 올려다보며 복잡한 심경을 내비쳤다.

"괜찮을 겁니다."

"⋯⋯."

확신에 찬 안필현의 대답에 민승기 청장이 다시 고개를 내려 그를 쳐다보았다.

"모르겠다, 나는 이제!"

민승기 청장은 다시 소파에 눕듯 기대며 담배를 입에 물었다.

*　　*　　*

검은 구두가 박현의 턱을 향해 파음을 만들며 날아왔다.

후우우욱!

박현은 고개를 뒤로 젖혀 피하는 동시에 뒤로 한 걸음 물러났다.

검은 구두가 현관문 밖으로 삐져나오자 박현은 신력을 끌어올려 두꺼운 현관문을 그대로 닫아버렸다.

콰득!

상대도 이면의 검사인지라 내력이 보호해 다리가 절단되지는 않았지만, 그렇다고 무사하지도 않았다. 정강이뼈가 바스러졌다.

"으악!"

닫힌 현관문 너머로 고통에 찬 비명이 흘러나왔다.

끼익—

다시 현관문을 열자 검정 구두는 부러진 다리를 움켜잡으며 엉덩이로 바닥을 기며 뒤로 물러났다.

박현은 그런 그의 얼굴로 사커킥을 날렸다.

"흡!"

검정 구두가 재빨리 양손을 들어 얼굴을 보호했지만 박현의 발이 더욱 빨랐다.

빠각!

검은 구두 사내는 피를 뿌리며 뒤로 넘어가 바닥에 축 늘어졌다.

저벅 저벅—

박현은 바닥에 쓰러진 검정 구두 사내를 발로 옆으로 밀어 치우며 안으로 들어갔다.

적막감이 가득한 공간이라 박현의 발걸음 소리가 제법 크게 만들어졌다. 소리를 죽일 법도 하건만, 박현은 마치 여유롭게 산보라도 나온 것처럼 중문을 넘어 거실로 향하는 복도에 발을 올렸다.

스으—

몇 걸음 채 걸었을까.

미세한 쇳소리에 박현의 귀가 팔랑거렸다.

길게 이어지는 소리로 보아 장검이 분명했다.

'훗!'

박현은 가볍게 조소를 머금으며 슬쩍 팔을 털었다.

그러자 그의 손 안으로 조개껍데기가 꽃처럼 피어났다.

저벅 저벅 저벅—

길지 않은 복도 끝에 다다르고, 자그만 거실이 반쯤 눈에 들어왔을 때쯤이었다.

쐐애애액!

복도 귀퉁이에서 시퍼런 살기를 띤 칼날이 박현의 머리를 노리고 내려왔다.

언뜻 보기에 청녹색의 검기(劍氣)가 검날에 담겨 있는 것을 보면 생각보다 고수인 모양이었다.

카드득!

박현은 조개껍데기를 쥔 손을 활짝 펴 검날을 움켜잡았다.

"흡!"

박현과 눈이 마주치자 사십 대로 보이는 사내, 팀장이 눈을 부릅떴다. 이내 짧은 기합을 내뱉으며 내력을 터트렸다.

검이 요지부동이자 팀장은 박현의 턱을 향해 무릎을 굽혔다가 발을 차올렸다.

흡사 택견의 발차기와 비슷한 느낌이었지만, 형세만 본다면 좀 더 파괴적으로 느껴졌다.

박현은 어깨를 틀어 그의 발을 피하는 동시에 왼손을 뻗어 검날을 후려치듯 밀었다.

파창!

그 힘에 검날이 반으로 부러졌다.

박현은 다시 발을 차올리는 팀장의 발을 피하며 미간에 부러진 검을 내려 꽂았다.

푹!

"꺽!"

팀장은 눈을 부릅뜨며 박현의 얼굴로 손을 가져갔지만, 이내 바닥으로 툭 떨어져 쓰러졌다.

탁탁, 박현은 손을 털며 거실을 둘러보았다.

외부에서 보던 빌라의 크기치고 거실이 작았다.

"저기로군?"

거실 한 편에 마치 외부 현관문처럼 또 다른 철문과 인터폰이 설치되어 있었다.

진짜 내부는 바로 저 안인 모양이었다.

박현은 내부 현관문 걸어가 섰다.

"다시 부술 건가요?"

"생각보다 시끄럽더라. 그냥 열어줘."

"네."

이선화의 말에 아기귀신이 현관문을 쏙 통과하며 안으로 들어갔다.

띠릭—

잠시 후 전자도어가 열리는 소리와 함께 또 다른 현관문이 열렸다.

박현은 기감으로 안을 살피며 안으로 들어갔다.

문을 사이에 두고 분위기는 확연히 달랐다.

이 문을 지나기 전의 공간은 그저 투박하고 삭막했다면, 현관문 너머의 공간 심플하면서도 은근히 위압감을 주고 있었다.

"흐음."

박현이 대리석 바닥이 깔린 복도를 따라 수 미터를 걷자 거실이 보였다.

한눈에 다 들어오지 않을 정도로 넓기도 넓었지만, 마치 바(bar)에 온 것처럼, 미니바에, 당구대에, 다트 머신에 웬만한 것은 다 있어 보였다.

다만 일반 바와 달리 거실 중앙에는 커다란 탁자가 하나만 놓여 있었다.

적당한 수의 인물들이 놀 수 있지만, 그렇다고 번잡하지 않을 정도였다.

박현은 술병이며, 안주며 어지럽게 널브러져 있는 탁자로 향했다.

이선화의 말처럼 탁자 위 모퉁이 세 군데에 하얀 가루 흔적이 또렷하게 남아 있었다.

"흐음."

박현은 가루를 살짝 찍어 입으로 가져갔다.

잠시 맛을 본 박현의 입가가 씨익 말려 올라갔다.

"일단 마약으로 넣고."

박현은 탁자에서 몸을 돌리다가.

"다다익선이라고 했었지?"

아공간 주머니에서 소포장된 마약 봉지를 몇 개 꺼내 탁자에 툭 던졌다.

"선화야."

"네."

"아새끼들 어디 있는지 알아봐봐. 이거 영 집이 커서 일일이 찾기도 귀찮다."

박현의 말에 이선화가 귀신 몇 구를 불러내 사방으로 흩어보냈다.

"저기 끝 방에……."

이선화가 말을 하다 말고 얼굴을 붉혔다.

"저 방 끝에?"

"근데……."

박현은 이선화의 말을 끝까지 듣지 않고 성큼성큼 걸어가 문을 열었다.

"기가 차는구먼."

이게 침대가 맞나 싶을 정도로 엄청나게 큰 침대 위에 여섯 명의 남녀가 서로 엉켜 자고 있었다.

"휘이익~."

방 안으로 들어온 조완희는 나직하게 휘파람을 불었고.

"으메! 으메! 이거 무슨 낯 뜨거운 장면이라야. 착한 우리 선화는 이런 거 보면 안 돼야!"

서기원은 이선화의 눈을 재빨리 가렸다.

정작 자신은 눈을 부릅뜨고 있으면서.

"으음~. 누구?"

그때 한 여자가 잠에서 깬 듯 눈을 비비며 잠긴 목소리로 물었다.

"여자애들이 무슨 죄랴. 일단 재워라."

박현의 말에 조완희가 부적 세 장을 뿌렸다.

부적들은 허공을 둥둥 날아가 깨어난 여자와 자고 있는 두 여자의 이마에 붙었다.

"세요……."

부적이 기운을 발하자 여인은 침대 위로 스르륵 누워 다시 잠이 들었다.

"어디 보자."

박현이 침대 위로 올라가 잠든 이들의 얼굴을 살폈다.

그러더니 제법 잘생긴 사내 앞으로 걸어가 발로 그의 얼굴을 툭툭 쳤다.

"야! 야!"

"으음. 아이, 씨!"

마약에서 덜 깬 건지, 아니면 술에서 덜 땐 건지, 그것도 아니면 잠에서 덜 깬 건지.

도해법사는 얼굴을 찌푸리며 손을 휘휘 젓더니 몸을 반대로 돌렸다.

"좋은 말 할 때 일어나자. 응?"

박현은 발을 들어 도해법사의 목을 지그시 눌렀다.

"컥컥! 컥!"

숨이 막히자 도해법사는 괴로운 듯 기침을 내뱉으며 눈을 뜨며 소리쳤다.

"야이, 쌍! 어떤 새끼야?"

소리를 지르던 도해법사는 자신을 내려다보는 박현과 눈을 마주하자 미간을 찌푸렸다. 그리고는 손으로 박현의 발을 툭 쳤다.

"뭐야, 이 새끼는. 너 누구야?"

도해법사는 목을 손으로 만지며 반쯤 일으켰다.

"도해법사? 아니, 지금 이름은……."

박현의 말에 도해법사의 얼굴이 급속도로 굳어졌다.

"뭐 그건 천천히 알아보고……."

도해법사는 눈알을 이리저리 굴리는가 싶더니 어느 곳을 슬쩍 쳐다보았다.

"요게 부적 주머니였어야. 이야~ 취향 한번 구수해야."

서기원이 도해법사의 시선 끝에 닿아 있는 비단 주머니를 들어 살랑살랑 흔들었다.

"너, 너희들! 내 뒤에 누가 있는지 알아?"

도해법사는 목소리를 가늘게 떨며 버럭 소리쳤다.

"그것도 천천히 알아보면 되고."

박현은 도해법사의 머리카락을 움켜잡아 허공으로 일으켜 세웠다.

"아아악!"

머리채가 뽑힐 듯한 고통에 도해법사는 몸부림쳤다. 그러자 그의 몸을 덮고 있던 이불이 흘러내리고 알몸이 드러났다.

"아이, 새끼. 흉하게."

박현은 고개를 돌려 그의 옷가지가 늘어진 곳으로 도해 법사를 집어던졌다.

쿠당탕탕탕!

"야, 너희들도 일어나서 옷 입어."

박현은 이어 나머지 두 남성, 국제그룹 막내 민종석과, 최앤장 대표의 둘째 아들인 최세욱의 옆구리를 발로 걷어차 깨웠다.

"악!"

"꺽!"

갑작스러운 고통에 비명을 지르며 일어난 둘은 낯선 이가 침대 위에 서 있자 잠시 당황하는 눈치였다.

"너는 민종석이고. 너는 누구지?"

박현은 발로 최세욱을 툭툭 치며 물었다.

"너 누구야?"

잠시 어벙벙하는 듯했지만 이내 정신을 차리자 둘은 제법 날카롭게 반응했다.

"이야, 검사 나리셨어야?"

서기원이 옷가지를 침대 위로 던지다가 바닥으로 툭 떨어진 신분증을 발견했다.

"검사?"

"서울 중앙 지방 검찰청이어야."

서기원이 신분증을 내밀어 보였다.

"참, 검사가…… 잘 하는 짓이다."

그 말에 최세욱의 얼굴이 살짝 붉어지는가 싶었지만.

"너 누구냐고 물었다. 검사냐? 아니 검사면 나를 모를 리 없고, 경찰이냐? 어?"

이내 큰 소리를 내며 이불로 하체를 가리면서 자리에서 일어났다.

"아님 뭐 깡패냐?"

"야야, 세욱아. 날파람 경호원 새끼들이 안 보이는 거 보면. 이면의 인물인 거 같다. 아무리 걔들이 덜 떨어져도 검계 검사들인데, 일개 일반인한테 당했겠냐?"

민종석은 고개를 털어 정신을 깨우며 자리에서 일어났다.

"하아―."

자리에서 일어난 민종석은 박현을 쳐다보더니 한숨을 푹 내쉬었다.

"알고 온 거요? 아니 알면 이곳에 올 리가 없지. ……그럼 그냥 뭐 강도?"

"이 새끼, 봐라."

박현이 피식 웃음을 삼키자.

"아아, 됐고. 아이고, 머리야. 술이 영 안 깨네."

민종석은 알몸으로 침대에서 내려가 물병째 들고 벌컥벌컥 들이켰다.

"나 국제그룹 회장 셋째인데. 알든가 모르든가, 어쨌든."

쿵.

민종석은 물병을 탁자에 내려놓았다.

"쫌스럽게 이면인이 강도라니. 쯧."

그리고는 나직하게 혀를 차며 벽으로 갔다.

그곳에 걸린 그림을 내리자 자그만 개인 금고가 나왔다.

"일 시끄러워지면 좀 그러니까. 얼마면 그냥 갈 거요?"

그러더니 비밀번호를 누르고 개인금고를 열었다.

그 안에는 한화뿐만 아니라 각국의 돈이 수북하게 쌓여 있었다.

"하나 둘 셋 넷. 많이도 왔네. 대충 두 당 2억으로 합시다."

"풋!"

박현은 더는 못 참고 웃음을 입 밖으로 내뱉었다.

"알았어, 알았어. 3억. 그냥 더는 나도 힘들어."

민종석은 주섬주섬 돈뭉치를 침대 옆 탁자 위로 올렸다.

"그리고 그냥 3억으로 참아. 이면인이면 알겠지? 국제 그룹 뒤에 누가 있는지. 그러니까 이거 가지고 그냥 조용히 가는 걸로."

민종석은 탁자 위에 돈을 수북이 쌓았다.

"뭐해요? 얼른 담아가지 않고."

박현이 팔짱을 끼고 쳐다보자 민종석은 슬쩍 짜증 난 목소리로 재촉했다.

팟!

그 순간 박현의 신형이 그 자리에서 사라졌다.

퍽!

"꾸엑!"

민종석 앞에 모습을 드러낸 박현은 그의 복부에 주먹을 때려 넣었다. 그 힘이 가히 가볍지 않았기에 민종석은 신물을 토하며 앞으로 고꾸라졌다.

"조, 종석아."

최세욱이 그를 향해 뛰어오자.

퍼억!

박현은 그의 뺨을 그대로 후려갈겼다.

"커억!"

최세욱은 뺨을 맞은 충격에 뒤로 날아가 침대에 처박혔다.

"좋은 말할 때 옷들 입자."

박현은 거칠게 숨을 몰아쉬는 민종석 머리 위에 발을 지
그시 누르며 말을 이었다.

"그리고 말이야. 본인은 강도가 아니야. 경찰이지. 선수
끼리 말하는 건데 미란다의 원칙 안 읊어도 되지?"

그때였다.

우당탕탕탕탕—

"저쪽! 저쪽!"

고함 비슷한 목소리에 거친 발걸음 소리가 복도와 거실
을 거쳐 들려왔다.

"손님들 왔어야."

밖을 빼꼼 내다본 서기원이 말했다.

"꼼짝 마!"

가죽재킷, 청바지.

전형적인 형사 차림을 한 이들이 일제히 권총을 꺼내 서
기원을 겨눴다.

"으메, 으메!"

서기원은 과장되게 놀란 척, 목소리에 장난기를 담으며
뒤로 물러났다.

"너희가 경기남부 제3광수대 새끼들이냐? 어?"

정장 윗주머니에 검사증을 단 이가 앞으로 걸어 나오며
소리를 질렀다.

"야~ 이거 어디까지 썩은 거야?"

박현은 어이없는 표정을 지었다.

"이 새끼들이 호된 맛을 봐야 정신 차리려나. 내가 묻는 거 안 들려? 어?"

박현은 검사와 형사들이 아닌, 그들 뒤에 조용히 서 있는 몇 인물을 쳐다보았다.

눈이 마주치자 그들은 누가 먼저라고 할 것도 없이 진득한 웃음을 지어 보였다.

그 미소에 박현은 소매를 걷어 올리며 입을 열었다.

"얘들아."

"말해야."

"어."

"네."

박현은 일행들을 보며 씁쓸하게 입을 열었다.

"오늘도 피 좀 많이 보겠다."

씁쓸한 목소리와 달리 눈빛에서는 짙은 살기가 흘러나오기 시작했다.

*　　　*　　　*

"뭐? 피? 이 새끼 봐라, 이거."

서울중앙지방검찰청에서 나온 검사는 허리에 손을 가져가며 눈을 부라렸다.

"야, 총 줘봐."

검사는 함께 온 수사관의 총을 빼앗듯이 들더니 박현 앞으로 성큼 다가와 이마에 겨눴다.

"죽고 싶어? 그냥 내가 죽여줄까?"

박현은 피식 웃으며 손을 뻗어 그의 신분증을 낚아챘다.

"중앙지검, 이형식?"

"이 새끼가 머리통에 빵구가 나봐야 정신을 차리려나!"

철컥!

이형식 검사는 해머(공이치기)를 뒤로 꺾으며 박현의 이마를 다시 한번 더 밀었다.

"이 검사. 무리하지 말고 비키게. 가서 최 대표 자제분이나 좀 챙겨."

뒤에 서른 마흔 안팎의 사내가 묵직한 목소리로 입을 열었다.

"쳇!"

그 말에 이형식 검사는 마뜩잖은 소리를 삼키며 박현의 손에 들린 신분증을 가로챘다.

"세욱아!"

그러더니 최세욱에게 종종걸음으로 뛰어가더니 어깨를

잡으며 몸 곳곳을 살폈다.

"어디 다친 데는 없고?"

"왔어요."

"안 그래도 네 아버님 전화 받고 깜짝 놀라 좀 서둘렀다. 다행히 늦지 않았네."

이형식의 말이 길어지자, 최세욱이 낯을 찡그리며 하체를 가린 이불을 당겼다.

"선배."

"어. 그래. 그래. 뭐 필요……."

"옷 좀 입읍시다. 네?"

"아~ 그렇지. 미, 미안. 얼른 옷부터 입자."

이형식은 움찔거리더니 얼른 상의를 벗어 그의 하체를 가려주었다.

그러다 민종석과 눈이 마주쳤다.

"실장님도 얼른 옷 챙겨서 일로 오세요."

구면인 듯 이형식은 손짓으로 그를 불렀다.

이형식은 주섬주섬 옷을 챙기는 민종석을 지켜보다 자연스레 그와 함께 있던 도해 법사와 눈을 마주쳤다.

"그쪽도 얼른."

누군지 모르나 천하의 민종석과 법의 황태자 최세욱과 함께 있는 사이라면 신분이 범상치 않을 터. 어차피 이 상황에서 둘을 챙기나 셋을 챙기나 거기서 거기였다.

도해법사는 박현의 눈치를 보며 침대를 넘어 합류했다.

"됐어요."

그 사이 옷을 입은 최세욱이 이형식의 어깨를 툭 치듯 옆으로 밀며 앞으로 걸어 나갔다.

"못난 모습을 보였습니다."

최세욱은 묵직한 기운을 발산하는 사내를 향해 정중하게 허리를 숙여 인사했다.

그도 그럴 것이 그는 자신들의 뒤를 봐주는, 하필도가 이끄는 동아 날파람의 제2인자 곰뱅이쇠 강태경이었기 때문이었다. 또한 동아 경호회사 사장이기도 했다.

"살다 보면 이런 일 저런 일, 있는 법이지요."

곰뱅이쇠[1] 강태경은 최세욱에게서 시선을 떼 입을 열었다.

"민호야. 안전하게 모셔라."

"예, 사장님."

민호라 불린 사내가 그 명에 형사들을 툭툭 쳐 길을 열며 최세욱 앞으로 다가갔다.

"저를 따라오시죠."

"고맙소. 가자."

"그래."

민종석과 도해법사가 안도의 한숨을 내쉬며 그를 따라 걸음을 내디딜 때였다.

"가긴 어디를 가야?"

하늘에서 뚝 떨어지듯 서민호 앞에 선 서기원이 험상궂은 웃음을 씨익 드러내며 손가락을 우두둑 꺾었다.

"너희들 모두 진실의 방으로 가야지야."

"핫!"

날파람 가열 서민호는 짧은 기합을 삼키며 기습적으로 서기원의 턱을 향해 발을 차올렸다.

"흡!"

서기원은 재빨리 팔을 교차시켜 서민호의 발로부터 턱을 보호했다.

쿵!

생각 이상으로 발길질에 힘이 좋아 서민호의 발을 막아가는 서기원의 몸이 허공으로 10cm가량 붕 뜰 정도였다.

"핫!"

그로 인해 허점이 드러나자 서민호는 몸을 팽그르르 돌며 서기원의 가슴으로 발을 내질렀다.

쾅!

일격을 당한 서기원은 형사 몇을 우르르 쓰러트리며 뒤로 날아가 벽에 처박혔다.

아니 처박히기 바로 직전.

펑— 하고 그의 몸이 사라졌다.

그리고 다시 모습을 드러낸 곳은 바로 서민호의 등 뒤였다.

콱!

서기원은 서민호의 머리카락을 움켜잡아 아래로 내리더니 그의 목과 등에 주먹을 연신 내려찍었다.

"네가 감히 나에게 발길질을 해야?"

"꺽!"

충격에 서민호의 숨이 툭툭 끊겼다.

서기원은 그런 서민호의 머리를 흔들며 다시 주먹을 들어올렸다.

"뒈져서 대별왕님 앞에 서봐야~ 아~ 내가 잘못했었구나. 내 눈이 그냥 장식품이었구나. 싶지야?"

서기원이 서민호의 얼굴로 잡아당겼다.

"그런 의미로 대별왕님 한번 뵙고 와야."

서기원은 서민호의 허리춤을 잡아 투포환을 던지듯 벽으로 집어던졌다.

콰아앙!

집 자체가 흔들릴 정도로 엄청난 충격이 방안을 덮쳤다.

콰르르—

벽면도 일부 부서지며 굵은 금들이 거미줄처럼 뻗어나갔다.

엄청난 파음과 충격 때문이었을까.

탕!

이형식 검사를 따라온 형사 하나가 서기원을 향해 총을 쏘고 말았다.

그 충격에 서기원의 머리가 뒤로 튕겼다.

타당!

하지만 피도 튀지 않았고, 멀쩡하게 서 있자, 형사는 저도 모르게 방아쇠를 두어 번 더 당겼다.

총알의 충격에 서기원은 휘청이며 뒤로 두어 걸음 밀려나다 엉덩방아를 찧었다.

잠시 멍하니 앉아 있는가 싶더니 이내 고개를 절레절레 털며 자리에서 일어났다.

"크르르르."

그런 서기원의 입에서 평소와 다른 짐승의 것도, 귀성도 아닌 기묘한 울음이 흘러나왔다.

고개를 드는 서기원의 눈에서도 붉은 기운이 나풀거렸다.

그렇지만 사기(邪氣)나 흉조의 기운은 아니었다.

뭐라고 할까.

패도적인 느낌이라고나 할까.

피에 흠뻑 젖은 전장의 장수 같은 느낌이라고나 할까.

"감히 이 아이에게······."

목소리도 달라졌다.

목소리는 광오하고 광폭하기 그지없었다.

"서기원!"

순간 뭐가 잘못되었다 느낀 박현이 목소리에 신력을 담아 소리쳤다.

"으메!"

그 소리에 서기원은 마치 잠에서 깨듯 화들짝 놀랐다. 그리고 뭔가를 떠올리듯 눈을 몇 번 껌뻑였다.

"뭐가 머릿속에······. 우와아악! 아, 아파야! 이마가 아파야!"

정신을 차리던 서기원은 갑자기 느껴진 고통에 손으로 이마를 붙잡고 호들갑스럽게 그 자리에서 총총 뛰었다.

"선화야. 일단 총부터 걷자."

박현은 가늘어진 눈매로 서기원을 잠시 쳐다보며 입을 열었다.

"예."

조완희 뒤에 서 있던 그녀가 양손을 펼치며 귀력(鬼力)을 펼치자.

《이게 얼마 만에 맡아보는 이승의 향기던가. 키키키키!》

《이히히히히!》

《키히히히. 이건 또 난장판이여?》

열이 넘는 귀신들이 방 안 천장을 가득 채우며 모습을 드러냈다.

《이놈들! 경을 치기 전에 시키는 일을 하지 못할까!》

이선화의 어머니가 귀신들을 향해 호통을 치자 귀신들은 화들짝 부산을 떨며 형사들을 향해 달려들었다.

"으헉!"

"귀, 귀신⋯⋯."

"사, 사람 살려!"

형사들은 혼비백산을 떨었다.

탕! 탕!

몇몇 형사는 공포를 이기지 못하고 총마저 쏘는 이들도 있었다.

그 모습에 곰뱅이쇠 강태경이 내력을 터트렸다.

"갈!"

사자후의 기운을 담은 일갈에 귀신들의 몸이 흐트러지며 몸을 움츠렸다.

《어디서 함부로 주둥이를 놀리는 게냐!》

그러자 이선화의 어머니가 전면으로 나서며 귀성을 터트렸다.

그 귀성은 강태경의 사자후를 그대로 집어삼켰다.

《이히히!》

《키키키!》

이선화 어머니가 나서자 든든함을 느낀 귀신들은 형사들을 둘러싸며 다시 귀곡성으로 희롱하기 시작했다.

《이놈들!》

그 모습에 이선화 어머니가 다시 호통을 치자 귀신들은 서둘러 형사들과 수사관 손에 들린 총들을 빼앗기 시작했다.

"갈!"

"갈!"

그 모습에 날파람꾼 셋이 저마다 일갈을 터트리며 허공으로 몸을 띄워 귀신들을 향해 검을 휘둘렀다.

《꺄아아악!》

《크하악!》

비록 항마의 기운이 담겨 있지는 않았지만, 그래도 검에 담긴 기운이 귀신에게 적잖은 충격을 주자, 귀신들은 비명을 지르며 사방으로 흩어졌다.

"어딜!"

그때 조완희가 날파람꾼들에게 부적을 날렸다.

부적들은 불로 바뀌었고, 그 불은 뱀으로 변해 허공을 구불구불 날아 날파람꾼을 향해 독니를 드러냈다.

"하앗!"

날파람꾼들은 재빨리 몸을 틀어 불뱀을 피하며 검으로 베어갔다.

어차피 귀신들의 보호가 목적이었기에 조완희는 딱히 불의 뱀에게 힘을 더 실어주지 않았다.

"형사랑, 수사관들. 나가들 있으세요."

형사들과 수사관들은 허겁지겁 방을 빠져나갔다.

그 틈을 타 이형식 검사가 민종석과 최세욱, 도해법사를 데리고 나가려 했지만, 이선화 어머니가 그들의 앞으로 가로막았다.

《너희들은 여기 있어야 하지 않겠니?》

"어딜 나가려 그래야?"

서기원이 그녀의 말에 힘을 보탰다.

"오래 안 걸릴 겁니다. 불편해도 잠시만 참으세요."

넷은 강태경의 말에 따라 조용히 구석으로 향했다.

강태경은 다시 박현과 조완희를 쳐다보며 정장 상의를 벗어 근처 의자에 걸쳤다. 그리고는 한 걸음 내디디며 넥타이를 느슨하게 풀었다.

"못 보던 친구들인데."

강태경은 소매를 걷어 올리며 물었다.

"어디서 온 친구들인가?"

강태경의 몸에서 은은한 기운이 퍼져 나왔다.

"어디서 온 친구들인가?"

조완희가 강태경의 말을 따라 했다.

조롱 섞인 말에 강태경이 미간을 찌푸리며 조완희를 쳐다보았다.

"나 몰라?"

조완희가 씨익 웃었다.

강태경이 고개를 갸웃거리자.

"하튼 본계에서는 큰 소리 하나 못 내는 것들이, 꼭 밖에서는 온갖 폼이란 폼은 다 잡는단 말이야."

"⋯⋯."

강태경은 조완희를 빤히 쳐다보며 기억을 뒤졌다.

"심규호 총꼭두쇠도 나를 그렇게 빤히 안 쳐다보는데."

"⋯⋯!"

그 말에 조완희를 알아본 듯 강태경의 눈이 부릅떠졌다.

"⋯⋯너."

"이제 알아본 모양이군. 그런데 어쩌나?"

"⋯⋯?"

"나는 네가 기억에 없어."

조완희는 아공간 주머니에서 언월도를 꺼내들었다.

"현아."

"어."

"소매 다시 내려라."

진지하기 그지없는 목소리.

"저 새끼는 내가 족친다."

조완희는 무력을 끌어올리며 부적을 허공에 뿌렸다. 그렇게 조완희는 관성제군을 불러들였다.

자의 반 타의 반. 잠시 검계를 떠나 있지만 검계 소속은 소속인 모양이었다. 그래서일까 조완희는 여느 때보다 분노하며 언월도를 들었다.

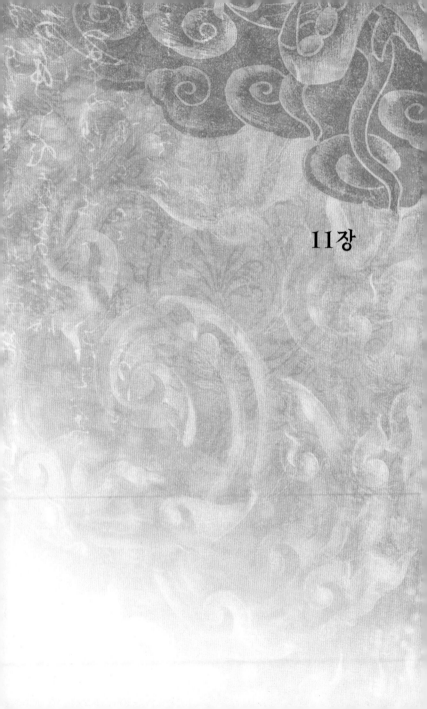

11장

똑똑.

노크 소리에.

"들어와."

국제그룹 회장 민경욱의 허락이 떨어지자 비서실장 김성태가 안으로 들어갔다.

"어떻게 되었어?"

김성태가 들어오자 민경욱은 다짜고짜 물었다.

"일단 최 대표 측에서 검사랑 형사들을 출동시켰습니다. 그리고 동아 경호회사에도 연락을 넣었답니다."

"동아? 누가 갔어?"

"강태경 사장이 직접 날파람꾼들을 데리고 검사랑 합류한다 하였습니다."

"강 사장이 직접 나섰으면 일단 일이 밖으로 번지지는 않겠군."

"해서 따로 강 사장에게 연락을 넣어 모두 제압한 후 안가로 잡아놓으라고 전해놓았습니다."

"잘했어."

민경욱은 보고가 마음에 들었는지 표정이 조금 풀렸다.

"근데 어떤 새끼야? 아침부터 이 사달을 만든 놈이?"

풀린 표정은 금세 다시 찌푸려졌다.

"수원지청 고천욱 부부장검사와 경기남부지방경찰청 제3광역수사대입니다."

"뭐? 수원지청?"

"……."

"고천, 그 뭐시기. 미친 거야 뭐야? 뭐하는 새끼야?"

민경욱의 목소리에 짜증이 섞이며 다시 높아졌다.

"그게……."

김성태가 밍기적 말을 흐렸다.

"왜? 뭐가 있는 놈이야?"

"매형이 청와대 비서실장입니다."

"청와대? 얼씨구. 그래서?"

민경욱은 기가 차다는 듯 콧방귀를 꼈다.

"그리고 광역수사대 말입니다."

"경찰 나부랭이들은 또 왜?"

"좀 이상한 점이 있습니다."

김성태의 말에 민경욱 회장의 이마에 주름이 그려졌다.

"뭔데?"

"한 달도 안 된 급조된 조직입니다. 그리고 팀원 대부분이 특채 형식입니다."

"그래서 요점이 뭐야?"

"경기남부지방경찰청이 지방경찰청 중에서도 규모가 크다 하지만, 광역수사대를 더 만들 이유는 없습니다. 그리고 여러 인맥을 통해 청장에게 압박을 가하고 있지만 영 신통치 않습니다."

"그래서 요점이 뭐냐고!"

민경욱 회장이 팔걸이를 주먹으로 내려치며 언성을 높였다.

"청와대의 입김이 들어간 게 아닌가……."

김성태의 말이 끝나기도 전에.

"확실해?"

"……."

"확실하냔 말이야?"

"그게 아니라면 말이 되지 않습니다."

"이 개새끼."

민경욱 회장은 분노를 이기지 못하고 몸을 부르르 떨었다.

"쥐새끼 같은 새끼가. 월급 타 먹던 새끼를 대통령 만들어줬더니 감히 이렇게 뒤통수를 쳐?"

"회장님, 일단 고정하십시오."

김성태는 재빨리 찬물을 한 잔 떠 왔다.

"후우—."

민경욱은 찬물을 단숨에 마시며 잠시 화를 가라앉혔다.

"일단 사태부터 수습하는 게 우선입니다."

"그래. 그래."

화를 가라앉히는가 싶더니 민경욱은 빈 유리잔을 벽에 집어던졌다. 그러고도 한동안 거칠게 숨을 몰아쉬었다.

그러기를 수 분.

거칠었던 숨이 제법 가라앉자 김성태를 불렀다.

"예, 회장님."

"그 검사 새끼하고. 영장 내준 판사 새끼 지금 당장 끌고와. 빠따도 하나 준비해 놔."

"최 의원 보좌관에게 일러, 잽이들을 보내놨습니다."

"최 의원은?"

"어젯밤 향도계 양 회장과 동아 날파람 하 회장을 만나러 간 뒤 연락이 닿지 않는답니다."

"쯧. 또 어디서 계집질이나 하고 있는 모양이군. 연락이야 나중에 하면 될 거고."

"민 청장은 어찌할까요?"

"민 청장?"

"경기남부지방경찰청 청장입니다. 그리고 전현직 경찰청장이 입건된 건 기억하시는지요."

박원호 현 경찰청장과 임만재 전 경찰청장.

"그게 고천욱 검사와 경기남부지방경찰청의 광역수사대입니다."

"뭐?"

민경욱의 표정이 순간 굳어졌다.

"야. 김성태."

"예, 회장님."

"청담동에 법사도 있었지?"

"도해 법사 말씀이십니까?"

"그래, 그놈!"

"예."

"이거, 이거!"

민경욱 회장은 팔걸이를 주먹으로 툭툭 내려쳤다.

"뭔가 찜찜해."

"하지만 일반인들이 이면의 일을……, 혹여나 알아냈다고 해도 함부로 끼어들 일이 아닙니다, 회장님."

"멋모르고 설칠 수도 있잖아. 안 그래?"

"그렇기는 합니다만."

"아니야. 확실히 찜찜해."

민경욱 회장이 입술을 지그시 깨물었다.

"김성태. 강 사장한테 전화해서, 제3인가 뭔가 하는 광수대 새끼들 다 죽이라고 해."

순간 김성태의 눈빛이 흔들렸다.

"왜, 겁나?"

"아, 아닙니다."

"찜찜한 건 치우고 가는 게 맞아."

"알겠습니다, 회장님."

"그리고. 일 처리 끝나는 대로 그 누구야, 그 청장."

"민승기 청장입니다."

"그래, 그놈하고, 광수대면 대장인가 뭔가 있지?"

"음—, 안필현 대장입니다."

김성태는 수첩을 통해 이름을 알려주었다.

"그래, 그 두 놈도 내 앞으로 데리고 와."

"알겠습니다, 회장님."

김성태는 수첩을 다시 넣으며 허리를 숙였다.

"퇴근 후에, 다들 볼 수 있게 세팅해 놔."

"예, 회장님."

김성태는 허리를 숙인 후 밖으로 나갔다.

*　　　*　　　*

수원지방법원 뒤편에 자리한 흡연구역.

"이봐요, 고 검사. 나 처리할 일이 많아요."

영장을 내준 이준열 판사는 옆에 앉아 있는 고천욱 검사를 쳐다보며 한숨을 푹 내쉬었다.

"아, 글쎄. 답답해도 좀만 참읍시다."

"진짜 이러다 나 징계 먹어요."

"이 판사. 나라고 뭐 좋아서 여기 있는지 알아요?"

고천욱 검사는 담배를 다시 물었다.

담배를 피우지 않는 이준열 판사는 담배 냄새에 눈가를 찌푸리며 옆으로 거리를 뒀다.

"뭡니까? 도대체. 이러는 이유가."

이준열 판사는 답답하다는 듯 물었다.

"그거 알아요?"

"뭘 말입니까?"

"나 이 일에 목숨 걸었어요."

"아~ 네~."

이준열 판사는 그 말에 비꼬아 대답했다.

그리고는 뭐라뭐라 중얼거리는 것이 욕을 하는 거 같았다. 그 모습에 고천욱 검사는 피식 웃음을 삼키며 담배를 입에 물었다.

담배를 몇 모금 마셨을까.

두 명의 사내가 자연스럽게 고천욱 검사가 앉아 있는 벤치로 다가와 앉았다.

"고천욱 검사?"

"……!"

옆구리에서 뾰족한 무언가가 느껴지자 담배를 입에 물고 있던 고천욱 검사의 눈동자가 살짝 커졌다.

"어디서 오셨소?"

고천욱 검사는 담배를 입에 문 채 연기를 내뿜으며 물었다.

"지, 지금 이게 무슨……."

이준열 판사.

"쉿!"

그는 얼굴이 사색이 된 채 소리를 지르려 했지만, 그의 옆에 앉은 사내의 유형적인 살기에 짓눌려 목소리가 턱 막

혀버렸다.

"판사님, 저희랑 좀 어디로 가셔야겠습니다."

이준열 판사는 턱을 덜덜 떨며 고천욱 검사를 쳐다보았다.

"참, 이면이 참 딴 세상은 딴 세상인 모양이오. 보통 사람들은 판사나 검사하면 벌벌 떠는데."

고천욱 검사 역시 살기에 눌려 목소리가 가늘게 떨렸지만, 그렇다고 기마저 꺾인 건 아니었다.

그 말에 두 사내의 눈빛이 번뜩였다.

"그냥 아무것도 모르는 검사 나부랭이인 줄 알았더니."

고천욱 검사 곁에 앉은 사내가 조소를 머금으며 무릎에 손을 얹었다.

"끕!"

허벅지를 지그시 쥐자 고천욱 검사의 눈에 고통이 담기며 부릅떠졌다.

"그만. 보는 눈이 있을지 몰라. 자리 옮겨서 해."

이준열 판사 옆에 앉아 있는 이가 손짓을 하자, 주차장에서 있던 승합차 한 대가 달려와 앞에 섰다.

드르르 텅.

승합차 문이 열렸다.

"소란 피우지 말고 조용히 안에 탑시다."

사내가 이준열 판사를 봉고로 밀며 자리에서 일어났다.

"고, 고 검사. 이, 이게······."

"일단 탑시다. 설마 죽이기야 하겠어요?"

고천욱 검사는 이준열 판사를 다독이며 흘긋 옥상을 쳐다보았다.

옥상 구석진 곳에 언뜻 그림자가 눈에 들어왔다.

고천욱 검사는 자연스럽게 시선을 거두며 이준열 판사와 함께 승합차에 올라탔다. 승합차에는 운전자를 포함해 네 명의 사내가 타고 있었다.

승합차에 올라타자 몇몇 손길에 강제로 앉혀졌다.

"가자."

고천욱 검사 곁에 앉은 사내가 마지막으로 타고 문을 닫자, 승합차는 자연스럽게 주차장을 빠져나갔다.

캠코더로 그 장면을 찍던 비형랑은 승합차가 주차장을 빠져나가자 녹화를 끄며 썩은 표정을 지었다.

"이거, 참."

"왜, 아는 놈 있냐?"

승합차를 바라보는 최길성의 표정도 가히 좋지 않았다.

좋든 싫든 금돼지 일족과 보상 최가의 뿌리는 같으니까.

"형님은요?"

"두어 놈, 낯이 익어."

최길성은 입맛이 씁쓸해지는 것을 느꼈다.

"이제 어쩔 겁니까?"

"일단 고 검사는 살려야지."

"그 다음에는요?"

"그 다음이라. 글쎄……."

최길성은 하늘을 올려다보며 미간을 찡그렸다.

"조카가 이 사실을 아느냐 마느냐에 달렸지."

최길성은 잠시 침묵을 지키다 휴대폰을 들었다.

"대장, 나요."

♪~♩ ♪~♩ ♬~

찬잔을 매만지고 있던 민승기 청장은 휴대폰 벨소리에 화들짝 놀라며 소리의 근원지를 찾았다.

전화기의 주인은 안필현 대장이었다.

"안 그래도, 전화 기다리고 있었소."

《기동대는?》

"준비해놓으라고 해서 준비시켜 놓기는 했는데."

안필현 대장은 앞에 앉은 제1기동대 백원서 대장을 흘깃 쳐다보며 최길성의 전화를 받았다.

《지금 당장 수원지청 쪽으로 보내주시오.》

"수원지청? 무슨 일인지 말해주겠소?"

《고천욱 검사하고, 이준열 판사가 납치되었소.》

"뭐요?"

안필현의 목소리가 저도 모르게 커졌다.

"무슨 일이야?"

귀를 잔뜩 세운 민승기 청장이 물었다.

멋도 모르고 불려와 대기하고 있는 백원서 기동대장도 귀를 기울이는 건 당연지사.

안필현은 통화를 스피커폰으로 바꿨다.

"다시 말해주겠소?"

《고천욱 검사하고, 영장심사판사인 이준열 판사가 지금 납치되었소. 그것도 법원 뒤 흡연구역에서.》

스피커폰으로 돌린 사실을 알아차린 듯 최길성은 다시 천천히 이야기를 풀어냈다.

"헉!"

"흡!"

그 말을 들은 민승기 청장과 백원서 기동대장은 너무 놀라 헛바람을 들이켰다.

"처, 청장님."

"조용히 해 봐."

백원서 기동대장이 놀라 민승기 청장을 불렀지만, 오히려 민승기 청장은 그를 조용히 시켰다.

《일단 수원지청 쪽으로 출발하시지요.》

"알았소. 그리고 나도 갑니까?"

《아니오. 이 건은 순수하게 기동대 건으로 만들 겁니다.》

누가 봐도 밀어주기.

그것도 어마어마하게 큰 사건이었다.

순간 백원서 기동대장의 눈에 힘이 바싹 들어갔다.

"알았소. 백 대장에게 출발하라 전하겠소."

《그럼 이만.》

툭—

전화가 끊기고.

"백 대장."

안필현이 백원서 기동대장을 쳐다보았다.

"부탁드립니다."

"맡겨만 주십시오."

백원서 기동대장은 힘 있게 대답했다.

안필현은 그 대답을 들으며 민승기 청장과 눈빛을 마주했다.

"그래, 어서 출발해!"

민승기 청장의 허락에 백원서 기동대장은 흥분한 얼굴로 자리에서 벌떡 일어났다.

　　　　　　*　　　*　　　*

　회장실을 나온 김성태는 동아 날파람, 강태경 사장에게
전화를 걸었다.

　♪～♩ ♪～♩ ♫～

　"음?"

　그런데 어디서 벨소리가 들려왔다.

　"누가 비서실에서 벨소리를 켜두나!"

　김성태는 비서 누군가의 휴대폰이라 여기며 나직하게 호
통쳤다. 그리고는 다시 전화기로 신경을 돌렸다.

　한참을 지나도 강태경은 전화를 받지 않았다.

　김성태는 잠시 후에 할까 하다 혹시나 싶어 다시 한번 더
전화를 걸었다.

　♪～♩ ♪～♩ ♫～

　"어떤 새끼야!"

　다시 전화벨 소리가 들리자, 안 그래도 신경이 날카로웠
던 김성태는 욕을 내뱉으며 주변으로 고개를 돌렸다.

　"내가 휴대폰 벨을 진동이나 무음으로 하라고 했……어
안…… 했…….."

　김성태는 이상함을 느끼며 뒷말을 흐렸다.

　적막감이 흐르는 비서실.

비서실이 조용한 것은 당연한 일이지만, 그렇다고 온기조차 느껴지지 않을 정도로 적막하지는 않다.

그런데 비서실에 어떤 온기도 느껴지지 않았다.

《여보세요.》

그때 수화기 너머로 목소리가 들려왔다.

"강 사장?"

《…….》

"내 시간이 없어 용건만 말하겠소. 회장님이 광수대들을 모두 묻랍니다."

김성태는 이상한 분위기에 도통 통화에 집중하지 못하며 용건을 빠르게 말했다. 그러면서 주변을 향해 신경을 곤두세웠다.

《모두 죽여라.》

"그렇……. ……?"

대답하던 김성태는 순간 상대방의 목소리가 낯설다는 것을 깨달았다.

"강 사장이오?"

불안함에 되묻는 김성태 앞으로.

툭!

무언가가 날아와 그의 앞에 떨어졌다.

그리고 물기가 그의 얼굴로 튀었다.

뭔가 싶어 얼굴을 닦았는데, 붉다.

비릿한 향까지.

피(血).

"허억!"

그리고 자신의 발 앞에 떨어져 있는 것은 바로 자신과 통화를 하고 있어야 할 강태경이었다.

그런 강태경이 피투성이가 된 채 너부러져 있었다.

김성태는 그제야 구석에 누군가 서 있는 것을 발견했다.

그는 환하게 불이 들어온 휴대폰 액정을 흔들며 씨익 웃고 있었다.

그 얼굴이 낯이 익었다.

"바, 박현 팀장?"

왜냐하면, 조금 전 회장에게 보고했던 인물이었으니까.

박현이 주춤 뒷걸음치는 김성태에게로 다가와 섰다.

"나 죽이라고 시킨 회장 새끼."

그리고 박현의 입술이 비틀어졌다.

"안에 있지?"

비틀린 미소는 섬뜩했다.

*　　　*　　　*

차 안은 밖이 보이지 않게 짙은 커튼이 쳐져 있었다.

"고, 고 검사."

어둠이 주는 불안감에 이준열 판사는 몸을 달달 떨며 고천욱을 불렀다.

"거 참, 조용히 합시다."

뒷자리에 앉아 있던 잽이가 위협적으로 시트를 발로 툭 찼다.

그에 이준열 판사는 움찔거리며 고천욱 검사의 팔을 움켜잡았다.

"너무 그러지 맙시다."

고천욱 검사는 품에서 담배를 하나 꺼내 입에 물었다.

"담배? 이 새끼가 쳐 돌았나?"

시트를 찼던 잽이가 황당하다는 듯 입에 욕을 담았다.

"됐다. 오늘 죽을지 살지 모를 양반인데, 담배 한 대 정도는 봐드리자."

올백머리 사내, 접장 최승도는 손을 뻗어 고천욱 검사의 어깨에 손을 얹었다.

"많이 피쇼. 다시 못 필지도 모르니까."

"끕."

접장 최승도가 어깨를 꽉 쥐자 살이 뜯겨나갈 것만 같은 고통에 담배를 문 고천욱 검사의 턱에 힘이 바싹 들어갔다.

하지만 고통에 몸을 바르르 떨면서도 입술을 꽉 닫으며 신음을 흘리지 않았다.

"우리 검사 나리는 사나이네. 사나이. 크크크크."

최승도는 손에 힘을 푼 뒤 고천욱 검사의 어깨를 툭툭 쳤다.

칙—

고천욱 검사는 고통에 손을 떨며 담배에 불을 붙였다.

"이야, 피라고 진짜 피는 거 봐라."

깐죽거림이 뒤에서 들려 나왔지만 고천욱 검사는 무시하고 담배를 한 모금 깊게 내쉬었다.

그렇게 서너 모금 마셨을까.

그 순간 고천욱 검사의 눈빛이 반짝였다.

"이 판사."

"예, 예?"

고천욱 검사는 느긋한 목소리로 이준열 판사를 불렀다.

"팔걸이 꽉 잡아요."

"그게 무슨."

"잡아요, 꽉!"

고천욱 검사의 말에 이준열 판사는 천장에 달린 손잡이를 꽉 쥐었다.

"이 새끼, 너 지금 뭐라고……."

뒤에서 다시 욕이 튀어나오는데.

"개새끼들."

고천욱 검사는 담배를 질겅 씹으며 씨익 웃었다.

"뭐, 뭐?"

"너흰 다 죽었어! 크크크크!"

"뭐?"

최승도가 미간을 찌푸렸고.

"뭐라는 거야 이 좆밥이! 시발, 진짜 죽……."

뒤에서 거친 반응이 튀어나올 때였다.

쿵!

마치 잘 달리던 승합차에 옆으로 트럭이 들이박힌 것처럼 묵직한 기운이 승합차 옆을 덮쳤다.

그 순간, 충격을 최소화하기 위하여 고천욱 검사는 앞에 있는 단단하게 고정된 무언가를 잡으며 몸을 웅크렸다.

"어!"

"헙!"

승합차 내부는 한순간 어지럽게 뒤집혔다.

쾅— 콰득!

접장 최승도는 앞자리를 발로 밟고 시트를 움켜잡으며 균형을 잡았다. 그러면서 운전석 앞 유리를 쳐다보았다.

앞 유리에 비친 풍경이 빠르게 옆으로 밀려나고 있었다.

'교통사고?'

그렇다고 하기에는 움직임에 비해 충격이 크지 않았다.

"……!"

순간 앞 유리를 스쳐 지나가는 푸르스름한 무언가가 눈에 들어왔다.

귀신.

유형의 힘을 내는 귀신.

귀신을 다루는 이면의 누군가가 자신들을 덮친 것이었다.

그냥 앉아서 당해줄 수는 없는 법.

와장창창—

접장 최승도는 팔꿈치로 유리창을 깨며 밖으로 몸을 날렸다.

차에서 탈출한 그를 반긴 건 육모방망이였다.

고천욱 검사를 태운 승합차가 수원 외곽으로 빠졌다.

오가는 차량도 뜨문뜨문해지자 비형랑이 부적 한 장을 꺼내들었다.

"차에 붙여."

그 말에 귀신은 부적을 받아 조용하고 은밀하게 차로 날아가 승합차 지붕에 부적을 붙였다.

그러자 승합차가 서서히 흐려지기 시작했다.

승합차의 모습이 일반인들의 시선에서 완전히 사라지자, 비형랑은 스물에 가까운 귀신들을 불렀다.

"도로 밖으로 밀어!"

그 명에 귀신들은 일제히 승합차로 날아가 달라붙기 시작했다.

쿵!

그리고 승합차는 허공에 붕 뜨며 도로를 벗어나 얕은 산비탈로 떨어졌다.

"사방(四方)!"

비형랑이 허공으로 네 장의 부적을 던지자, 귀신 넷이 각자 부적을 한 장씩 잡고는 주변으로 날아가 부적을 땅에 심었다.

쿠웅!

그렇게 승합차는 부적이 만들어낸 결계에 갇혔다.

"길달!"

비형랑이 저승에서 길달을 불러냈다.

"일단 죽이지 말고, 제압해."

"그러지."

길달은 육모방망이 모양의 도깨비방망이를 손에 움켜쥐며 결계 안으로 뛰어 들어갔다.

콰앙!

최길성은 접장 최승도의 머리를 후려치는 길달을 보며 씁쓸한 표정을 짓고는 휴대폰을 꺼내들었다.

"백 대장, 되시오?"

그리고는 안필현의 휴대폰으로 전화를 걸었다.

"여기는 봉담IC 쪽으로 가는 외곽 도로인데⋯⋯."

최길성은 대략적인 위치를 알려준 후 전화를 끊었다.

"쿠허어!"

그리고는 진체를 드러내며 결계 안으로 뛰어들어 갔다.

『길달. 비켜줄 수 있겠나?』

퍽!

육모방망이에 이마가 깨지며 뒤로 휘청거리며 물러나는 최승도가 거대한 체구의 금빛 금돼지를 보자 눈이 부릅떠졌다.

"최 ⋯⋯가주?"

특히 그의 손에 들린 두 자루의 도끼에 최승도는 침음을 삼켰다.

『이제 나를 남처럼 가주라 부르는구나?』

길달이 나타났을 때부터 어느 정도 예감했지만, 최길성을 직접 마주하자 최승도의 얼굴은 일그러졌다.

＊　　＊　　＊

그 시각.

달깍.

회장실 문이 열렸다.

"누구야?"

민경욱 회장이 걸걸한 목소리로 물었다.

하지만 대답이 들려오지 않자 민경욱 회장은 쓰고 있던 돋보기안경을 벗으며 고개를 들었다.

"묻잖아, 누구냐고!"

가뜩이나 화가 안 풀린 상황이라 민경욱 회장은 소리를 버럭 질렀다.

"김 비서?"

문 옆에 김성태 비서실장이 서 있었다.

"이 새끼, 잘한다 잘한다 했더니. 너 뭐하는 짓……."

털썩.

김성태가 허수아비처럼 바닥으로 풀썩 쓰러졌다.

그리고 그 뒤로 낯선 이가 보이자 민경욱 회장의 눈이 잠시 부릅떠졌다가 가늘어졌다.

"누구요?"

민경욱 회장은 자신의 책상에서 응접용 소파로 향하며

물었다.

박현도 소파 쪽으로 느긋하게 걸어갔다.

쿵

그러더니 끄트머리에 놓인 소파 하나를 한 손으로 번쩍 들어 민경욱 회장 맞은편에 놓았다. 그리고는 느긋하게 앉으며 다리를 꼬았다.

"내 누군지 물어본 거 같은데. 아니신가?"

"본인을 찾았다며? 그런데 못 알아보는군? 높으신 분들의 특징인가?"

박현은 소파에 등을 기대며 이죽거렸다.

그 말에 민경욱 회장의 눈매가 가늘어졌다.

"아아! 본인을 찾은 건 아니었지. 미안하군."

박현은 손을 저으며 자신의 말을 정정했다.

"죽이라고 했었지. 하긴 죽어 없어질 놈의 얼굴까지는 알 필요가 없었겠군."

박현의 말에 민경욱 회장의 눈두덩이가 미세하게 꿈틀거렸다.

"그래서 누군가? 누군지 알아야 대화가 되지. 아니 그런가?"

민경욱 회장은 팔걸이에 손을 얹으며 다시 물었다.

"오호—, 그거 긴급호출 벨?"

박현은 팔걸이를 손으로 감싸는 민경욱 회장의 손을 쳐다보며 씨익 웃음을 쪼갰다.

"교묘하게 잘 만들었네."

팔걸이 안쪽에 교묘하게 홈이 파여 있었고, 그 안에 자그만 스위치가 있었다.

분명 보이지 않을 것인데, 앞에 앉아있는 박현은 알아보았다. 민경욱 회장의 눈에 긴장감이 드러나기 시작했다.

"그래서 안 알려줄 텐가?"

민경욱 회장은 긴장감을 감추며 대화를 이었다.

"알고 싶다는데 알려줘야지."

박현은 품에서 경찰 신분증을 꺼내 민경욱 회장 앞으로 툭 던졌다.

"박현."

신분증을 읽은 민경욱 회장은 다시 박현을 쳐다보았다.

"광역수사대 팀장인가?"

그 물음에 박현이 손가락을 세 개 펼쳤다.

"제3. 함부로 소속은 바꾸지 말자고."

"그래. 제3."

민경욱 회장은 팔걸이를 툭 치며 고개를 주억였다.

"그래서 찾아온 이유는?"

"몰라서 묻는 건가? 아님 시간을 끄는 건가?"

민경욱 회장은 힐끗 벽에 걸린 시계를 쳐다보았다.

"혼자 온 건가?"

민경욱 회장이 다시 박현을 쳐다보며 물었다.

『……저기.』

그때 둘 사이에 놓인 테이블 위로 아기 귀신이 머리를 쑥 내밀었다.

"헉!"

갑작스러운 아기 귀신의 등장에 민경욱 회장은 놀라 헛바람을 들이마셨다.

"말해."

『누나가요. 나쁜 아저씨들이 온다고, 어떻게 하냐고 물어보래서요.』

"나쁜 아저씨들?"

박현의 반문에 아기 귀신이 고개를 끄덕였다.

"기원아."

박현의 부름에 서기원이 하늘에서 뚝 떨어지듯 축지로 모습을 드러냈다.

"왜야?"

"손님 온단다."

"흐흐흐. 나 또 신 나게 놀아도 돼야?"

그 말에 서기원이 묘한 웃음을 지으며 몸을 돌렸다.

"완희한테 일단 소란이 다른 층으로 번지지 않게 하라고 전해."

"걱정 말아야."

팟!

서기원이 다시 그 자리에서 사라졌다.

"됐지?"

『네.』

"그만 가 봐. 여기 있어 봐야 좋을 거 못 본다."

박현이 머리를 쓰다듬자 아기 귀신은 배시시하게 웃으며 다시 탁자 아래로 사라졌다.

"뭐 대답은 안 해도 되겠지?"

박현은 민경욱 회장을 바라보며 씨익 웃음을 지어 보였다.

그 웃음에 민경욱 회장의 얼굴이 굳어졌다.

"뭘 원하나?"

"글쎄, 본인이 원하는 게 뭘까?"

툭!

박현은 탁자에 발을 턱 올리며 물었다.

"자네. 지금 나랑 장난하자는 건가, 뭔가?"

"장난은 아니고."

박현은 발을 까딱거렸다.

"본인도 그대처럼 시간을 끄는 거야."

"……."

민경욱 회장의 얼굴이 슬쩍 굳어졌다.

"연락이 올 때가 되었는데."

박현은 속주머니에서 휴대폰을 꺼내들었다.

"참 대단해."

휴대폰에서 시선을 떼 박현은 고개를 삐딱하게 세우며 민경욱 회장을 쳐다보았다.

"재벌이 대단하기는 한가 봐. 이면인도 아닌데, 이면인을 수족처럼 부리는 걸 보면."

"……."

민경욱 회장은 박현의 조롱에 겨우겨우 화를 삭였지만, 그의 얼굴은 붉어질 대로 붉어졌고, 두툼한 볼살은 부들부들 떨리고 있었다.

제법 시간이 흘렀지만 자신이 호출한 경호원들은 그림자조차 보이지 않았다.

그렇기에 함부로 입을 열 수는 없는 법.

하지만 이 상황을 타개하기 위해서는 입을 열 수밖에 없었다.

"원하는 게 뭔가?"

"원하는 거?"

"그래. 원하는 거. 내가 해줄 수 있는 건 해주지."

박현의 표정이 희미하게 변하자, 민경욱 회장은 다급한 마음을 숨기고 느긋한 목소리로 말을 이어갔다.

"여자? 돈? 권력? 경찰청장 따위가 아닌 푸른 기왓집에도 들어갈 수 있게 해줄 수 있네."

박현의 눈매가 묘하게 바뀌려는 그때.

♪~♩♪~♩♫~

"아이쿠, 전화 왔다."

박현은 씨익 웃으며 전화기를 들었다.

"그래. 어찌되었나?"

《제1기동대에 인수했다. 증거도 다 채집했고.》

비형랑.

"오케이, 수고했어."

박현은 전화를 끊고는 민경욱 회장을 쳐다보며 입꼬리를 말아올렸다.

"본인이 원하는 건 말이야."

뭔가 진득해진 박현의 목소리에 민경욱 회장은 저도 모르게 마른침을 삼켰다.

팟!

그 순간 박현의 모습이 눈앞에서 사라졌다.

쾅!

"꺼억!"

그러더니 심장이 멈춘 듯한 고통이 가슴에서 느껴지며 소파와 함께 바닥을 나뒹굴었다.

"꺼어—."

민경욱 회장은 숨조차 제대로 쉬지 못하며 앞으로 손을 저었다.

툭!

그리고 그의 손에 잡힌 건 자신의 가슴을 발로 누르고 있는 박현의 다리였다.

"검사, 판사 납치에 살인 교사. 살인도 있겠지? 어쨌든⋯⋯. 긴급 체포합니다."

"체, 체포? 크크크크. 쿨럭!"

민경욱 회장은 체포라는 말에 고통 속에서도 웃음을 터트렸다.

"그게 나한테 통하리라 보나?"

"상관없어. 안 통하면."

박현은 민경욱 회장을 향해 허리를 숙여 얼굴을 좀 더 가까이 가져갔다.

"죽여 버리면 되니까."

그 말에 민경욱 회장의 표정이 굳어졌다.

"그대가 해왔던 것처럼."

박현은 손가락으로 목을 스윽 그었다.

"그대는 본인이 경찰인 걸 감사하게 생각해야 할 거야. 지금이라도 그대를 죽이고 싶은 마음을 애써 누르고 있으니까."

박현의 눈에서 살심이 스물스물 흘러나왔다.

"어쨌든 잘 지내보자고."

박현의 비릿한 웃음을 지어 보였다.

그 살심을 느낀 민경욱 회장의 눈동자는 힘없이 요동쳤다.

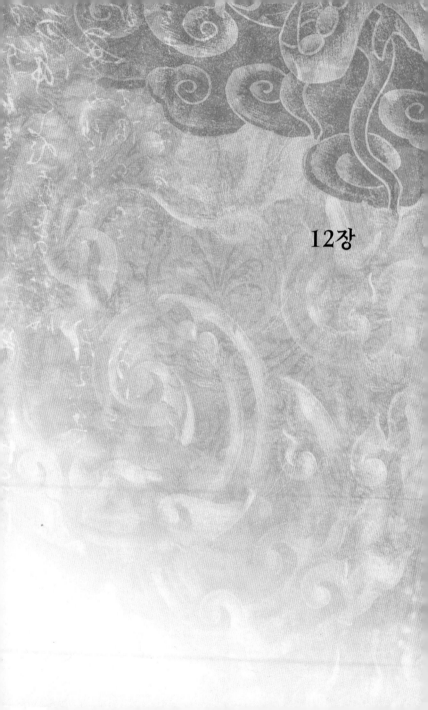

12장

♪～♩♪～♩♫～

"그래."

내선 벨이 울리자 손인식 지검장이 전화기를 들었다.

"민승기 청장에게서 전화가 왔습니다."

"민 청장이?"

의아함이 든 손인식 지검장은 이내 고천욱 검사를 떠올렸다.

'그 녀석이 경기남부 광수대랑 손발을 맞추고 있다고 했었지?'

"전화 돌려."

"내선 3번입니다."

손인식 지검장은 다이얼 3을 누른 후 다시 전화기를 들었다.

《안녕하십니까?》

"오랜만입니다. 그동안 잘 지내셨습니까?"

손인식 지검장은 안부 인사를 건넸다.

《두루두루 안부를 전하고 싶지만, 일단 용건이 급해 바로 본론으로 들어갔으면 싶군요.》

'용건?'

손인식 지검장의 눈매가 가늘어졌다.

"말씀하시지요."

《험험.》

수화기 너머로 목을 가다듬는 헛기침이 들려왔다.

무슨 거창한 이야기를 꺼내려 하기에 이러나 싶어 피식 웃음이 삼켜졌다.

《지청 안에서, 아니 정확히는 지검 뒤 흡연구역 있지요?》

있다.

자신도 초임 시절이나 짬밥이 안 될 때, 마음 편히 담배를 피우고 싶어 지검 뒤 흡연구역으로 자주 갔었다.

"그래서요?"

손인식 지검장은 모른 척 되물었다.

《혹시 이준열 판사라고 아십니까?》

'이준열 판사?'

알 듯 말 듯 이름이 머릿속에서 맴돌았다.

《영장심사 판사입니다.》

"아아—."

그제야 기억이 났다.

《한 시간 전쯤, 고천욱 검사와 이준열 판사가 수원지검 뒤 흡연구역에서 괴한들에게 납치가 되었습니다.》

민승기 청장의 이어진 말에 손인식 지검장의 눈이 부릅 떠졌다.

"뭐, 뭐요?"

이어 목소리가 단번에 커졌다.

"지금 납치라고 했습니까?"

손인식 지검장의 눈에 핏발이 들어섰다.

《다행히 우리 광수대와 기동대 아이들이 현장을 덮쳐 고천욱 검사와 이준열 판사를 무사히 구출해냈습니다. 그리고 괴한들도 현장에서 바로 체포했고요.》

이어진 민승기 청장의 말에 손인식 지검장은 가까스로 안도의 한숨을 숨겼다.

"고맙소."

분노는 분노고, 고마움은 고마움이었다.

《해서 말이오.》

"……."

《사건이 사건이다 보니, 검찰로 이첩하지요.》

이 정도의 사건을 순순히 이첩한다?

손인식 지검장의 눈매가 다시 가늘어졌다.

《우리 애들이 고 검사와 일을 하더니 밀어주라고 합디다. 허허허!》

'끄응!'

선심 쓰듯 사건을 넘긴다는 소리에 체면이 말이 아니었다. 그래서 그런지 앓는 소리가 절로 삼켜졌다.

《그래서 넘기는 겁니다. 그러니 우리의 공을 잊으시면 안 됩니다.》

척하면 척이다.

"그리하지요."

어쩌겠나?

노른자를 주겠다는데.

물론 경찰의 체면도 살려줘야겠지만.

《아—, 마침 고 검사가 왔군요. 전화 바꿔드리겠습니다.》

민승기 청장이 전화기를 가볍게 흔들며 고천욱 검사에게
건넸다.

"지검장님."

고천욱 검사는 전화를 받아들었다.

《뭐가 어떻게 된 거야?》

차마 민승기 청장에게 묻지 못한 것을 묻는 손인식 지검
장이었다.

"어떻게 되었다기보다, 지검장님!"

고천욱 검사는 목소리에 힘을 줘 그를 불렀다.

"머리 잡았습니다."

《머리? 무슨 머리?》

"구속한 두 경찰청장 말입니다."

《네가 그리 날뛰는 것을 봐서 당연히 아닐 거라 여겼다.
누구야? 머리가?》

지검장은 확실히 지검장인 모양이었다.

흥분했던 목소리는 온데간데없고, 싸늘하고 냉철한 그의
모습으로 돌아가 있었다.

"국제그룹 민 회장입니다."

《…….》

잠시 침묵이 흘렀다.

《내가 아는 민경욱 회장이 맞나?》

"예."

《휴우—.》

이어질 파장이 그려졌기 때문이었다.

어마어마한 후폭풍.

《증거는?》

확실하다면 후폭풍은 감당할 수 있다.

"증언 확보해 놨습니다."

고천욱 검사의 입가에 미소가 그려졌다.

《증언만으로는 부족해.》

일반인이라면 모를까, 상대는 대기업 총수다.

증언은 언제든지 뒤집을 수 있다.

"일단 구속시키면 풀어갈 수 있습니다."

《증언만으로 영장 청구가 되겠어?》

"됩니다. 왜냐하면 납치된 이가 저만이 아니라서요. 흐흐."

이준열 판사를 말하는 것이었다.

《함께 납치된 이가 판사라고 했제?》

"예!"

《법원도 뒤집어지겠구만.》

"모든 판사들의 뚜껑이 열리지 않을까 싶습니다."

모르긴 몰라도, 손인식 지검장도 주먹을 불끈 쥐고 있을
것이다.

《그나저나 광수대라니? 어찌 된 기고?》

"혹시나 싶어 광수대 팀장과 상의 끝에 경호를 붙였습니다."

《영장 나오자마자 치려면 애들 준비시켜야겠군.》

"이미 광수대가 대기하고 있습니다."

《광수대?》

"아무래도 상대가 상대인지라, 숨도 못 쉬게 몰아쳐야 해서요."

《쩝.》

경찰이 끼어든 게 그다지 마음에 들지 않는 모양이었다. 하기야 맛좋은 먹이를 나눠 먹어야 하니 그럴 만도 했다.

"그래도 이후 진행은 저희 검찰에 맡긴다 했습니다."

《네가 그리 판단했다면, 그게 맞겠지.》

"이해해 주셔서 감사합니다."

《그건 그렇고, 이 건 이제 네가 못 맡는 거 알제?》

고천욱 검사가 당사자이다 보니 사건을 맡을 수는 없었다.

"홍 선배에게 맡겨 주십시오."

《재근이?》

고천욱 검사의 직속상사이자 선배인 제1차장검사인 홍재근을 거론했다.

"예."

《새끼. 선배 위하며 지 꽃길도 깔 줄 알고. 많이 컸다.》

"……."

그 말에 고천욱 검사는 그저 소리 없는 웃음을 지을 뿐이었다.

《알았구마.》

"예."

막 전화를 끊으려는데.

《어이, 천욱이.》

"예, 지검장님."

《고생했다.》

수고했다는 말 한마디에.

"옙!"

고천욱 검사는 목소리에 힘을 줘 대답하며 전화를 끊었다.

"통화가 잘 된 모양입니다."

민승기 청장의 말에 고천욱 검사는 미소를 지으며 고개를 끄덕였다.

"어디~ 보자~."

민승기 청장은 수화기를 건네받은 후 콧노래를 부르며 수원지방법원 지법원장실로 전화를 걸었다.

"안녕하십니까, 나 민 청장입니다. 다름 아니라……."

어깨에 힘을 빡 주는 민승기 청장의 모습에 고천욱 검사는 피식 웃음을 삼키며 안필현 곁으로 다가가 앉았다.

"법원 쪽에는."

"고 형사가 나가 있어요."

팔미호 미랑.

"영장 발급받는 대로 사건 진행될 겁니다."

*　　　*　　　*

"농담이시죠?"

"지금 내가 니랑 농담하게 생겼나?"

"너무 어이가 없어서 그렇습니다."

홍재근 차장검사는 너무 놀란 듯 눈을 동그랗게 뜨며 되물었다.

"참이다."

"민 회장, 이 새끼!"

홍재근 차장검사는 손인식 지검장의 말에 저도 모르게 노기를 드러냈다.

"검사를 뭐로 보고!"

"뭐로 보기는. 지들 뒤 닦아주는 휴지로 보겠지."

"끄응."

사실 틀린 말도 아니었다.

검사가 법복을 벗었다는 것은 돈을 벌겠다는 의미였으니까.

"그건 법복 벗은 놈들이나 벗을 놈들 이야기고. 우리 아직 검사복 안 벗었다, 맞제?"

"예."

"검찰이 흔들리면 안 되는 기다."

손인식 지검장은 서글서글한 얼굴과 달리 눈빛은 서슬 퍼랬다.

"그라고, 재근아."

"예, 지검장님."

"이거 천욱이가 지 목 내놓고 잡은 기다."

"그 말씀은……."

"적어도 쪽팔리는 짓은 하면 안 된다, 이거다. 내 말 무슨 말인지 알긋제?"

"예!"

"몇십 년 만에 잡은 엄청난 물고기다. 저 위쪽에서 가만 있겠나?"

"중앙지검을 말씀하시는 겁니까?"

"그래, 거기. 국제그룹 본사가 서초구에 안 있나? 이래저래 압박이 들어올끼다. 사건 넘기라고."

그 말에 홍재근 차장검사의 표정이 많이 굳어졌다.

"니도 이래저래 손닿은 데 많제?"

"예."

"이거 터지면 이래저래 연락이 많이 올끼다. 오늘부터 안면 몰수하거래이."

홍재근 차장검사는 이글거리는 손인식 지검장의 눈빛을 마주하며 고개를 끄덕였다.

"이거 우리가 못 먹으면 병신 소리 듣는다. 이건 우리 거다. 내 말 무슨 말인지 알제?"

"안 빼앗깁니다."

"이거 우리가 먹은 뒤에 배 두들기며 손 내밀어도 된다. 세상이 다 그런 거 아니겠나?"

당연한 소리.

"그래서 말인데."

"예, 지검장님."

"팀 꾸리기 전에 믿을 만한 놈들 몇 데리고 먼저 움직여 야긋다."

"……?"

"지금 경기남부 광수대에서 일단 민 회장 신변은 확보해 놨다 하더라."

"허어—."

"기가 차재?"

홍재근 차장검사가 고개를 끄덕였다.

"안필현인가 뭔가, 대장이 필시 보통 놈이 아닌가 보다."

"흠."

"내 자존심 꺾고 민 청장이랑 쇼부 쳤다."

"……?"

"원래 광수대에서 인계받는 건데, 그냥 우리가 민 회장을 바로 받는다."

"그냥 넘겨준답니까?"

"그냥 넘겨주겠나? 내 있는 동안 앞으로 이래저래 편의도 좀 봐두고 그래야제. 그래도 남는 장사다."

홍재근 차장검사도 검사 아니랄까 봐 못마땅한 표정이 슬쩍 지어졌다.

"자존심을 좀 접기는 했어도, 민 청장도 제법 통 크게 손을 내밀었다. 그러니까 앞으로 표정 관리 하고."

"알겠습니다."

"어쨌든 후딱 가서 위에서 못 가져가게 우리 거라고 도장 콱 찍고 와라."

"그럼 어디로 가면 됩니까?"

"국제그룹 본사로 가라. 대기하고 있다가 전화 오면 곧바로 회장실로 올라가면 된다."

"단지 그걸로 되겠습니까?"

"당연히 안 되지. 도장 찍었다고 소문도 내야지."

손인식 지검장은 전화기를 들었다.

잠시 후.

"어이, 김 기자. 나 손인식인데……."

손인식 지검장은 홍재근 차장검사를 보며 어서 움직이라고 손을 저었다.

"내 좋은 건수가 있는데, 말이야. 어어, 그렇지. 그러니까 말이야, ……."

홍재근 차장검사는 자리에서 일어나 조용히 허리를 숙이고 밖으로 나갔다.

*　　　*　　　*

국제그룹 정문 앞.

몇 명의 기자가 옹기종기 모여 있었다.

"김 선배. 정말 특종 맞아요?"

밤을 지새운 듯 까치머리를 한 젊은 청년이 서른쯤 된 기자에게 다가섰다.

"기다려. 영장 때문에 잠시 길어지는 거 같으니까."

"영장이요? 무슨 영장이요?"

"그것까지는 나도 몰라. 검사 나리들 출두하면 알게 되겠지."

김 기자는 담배를 입에 물며 두 블록 떨어진 곳에 잠시 정차하고 있는 검은 세단 한 대와 그보다 살짝 큰 한 대의 검은 승용차를 흘깃 쳐다보았다.

"선배, 그럼 저게……."

"조용해. 그냥 기다리고 있어."

"어? 어? 온다! 온다!"

함께 온 사진 기자의 말에 김 기자가 다시 고개를 돌렸다.

잠시 정차하고 있던 두 대의 차가 매끄럽게 달려와 국제 그룹 정문 앞에 섰다.

"너 거하게 술 사는 거 잊지 말아라."

김 기자는 입을 바삐 놀리며 녹음기를 꺼내들었다. 그 사이 사진 기자는 능숙하게 승용차를 향해 카메라를 들이댔다.

잠시 후, 차에서 문이 열리고 사내들이 우르르 내려섰다.

파바박!

카메라가 몇 방 터지고, 어느 정도 사진을 담았다 싶자 김 기자는 재빨리 홍재근 차장 검사에게로 달려가며 녹음기를 내밀었다.

"아이쿠, 홍 검사님."

"어? 김 기자? 김 기자가 여기 어인 일이야?"

"홍 검사님은 어인 일로……."

"이거 김 기자 코가 완전 개코인데."

짜고 치는 고스톱이었지만, 때로는 눈 가리고 아웅을 해야 하는 법.

"있어, 그런 일이."

"들리는 소문에 민 회장……."

"어허!"

김 기자가 슬쩍 본론을 내뱉자 홍재근 차장검사는 짐짓 눈가를 찌푸렸다.

"어차피 알게 될 일 아닙니까?"

김 기자는 넉살 좋게 웃으며 달라붙었다.

"불법 고용? 아니면 불법 승계? 뭡니까?"

"그런 건 중앙지검 일이고."

김 기자가 운을 띄웠으니, 이제는 도장을 쾅 찍을 차례.

"그럼?"

"납치 및 살인 청부."

"헉!"

사실 김 기자도 자세한 상황을 알고 있지 않았었다. 그렇기에 도저히 믿기 어려운 대답에 김 기자는 눈을 동그랗게 뜨며 헛바람을 들이마셨다.

파바바박!

그리고 다시금 카메라 셔터가 마구 터졌다.

"그 말이 사실입니까?"

"민 회장이 살인 청부했다는 게 정말입니까?"

엉겁결에 김 기자의 호출에 달려왔던 기자들도 화들짝 놀라며 득달같이 녹음기를 내밀었다.

"그렇지 않다면 영장이 발부되지 않았겠죠?"

파바박!

다시 카메라 셔터가 터졌다.

"일단 이 정도만 합시다."

홍재근 차장검사는 능숙하게 기자들을 헤치고 국제그룹 정문으로 발걸음을 옮겼다. 그가 직속 부장 검사와 수사관들을 데리고 안으로 들어가자, 십여 명의 경비원들이 그들을 막아섰다.

"비키는 게 좋을 겁니다."

부장검사가 영장을 보였다.

"아니면 현장에서 바로 체포하겠습니다."

그 말에 경비원들이 주춤했다.

"일단 막아!"

뒤에서 터진 목소리에 경비원들은 눈을 질끈 감으며 홍재근 차장검사 및 부장검사와 수사관들을 에워 감쌌다.

"못 가십니다!"

"어허! 비켜!"

"아, 안 됩니다. 일단 기다려주십시오!"

"야! 이거 영장이야! 너희들 다 깜빵 가고 싶어?"

경비원들과 수사관들이 뒤엉키며 고성이 오갔다.

"회장님은 연락이 안 돼? 비서실장은?"

몇몇 사내들은 어디론가 전화를 걸고, 몇몇 사내는 고함을 지르고, 경비원들과 수사관들이 몸싸움을 하고.

국제그룹 로비는 한순간 시장판처럼 어수선하게 바뀌었다.

"차장님."

경비원들의 수가 늘어나 더는 안으로 들어갈 수 없게 되자 직속 부장검사가 다가왔다.

"기다려 봐."

"네?"

"기다려 보라고."

'로비에서 막히면 그냥 괜히 용쓰지 마시고 기다리시면 될 겁니다.'

홍재근 차장검사는 일단 전화를 주고받은 안필현 대장의 말을 믿어보기로 했다.

잠시 후.

저벅 저벅 저벅~

고성이 오가는 로비에 이상하리만큼 발소리가 선명하게 울려 퍼졌다. 그 발소리는 금세 아수라장 같은 로비의 고성을 지워버렸다.

"끄으―."

그런 발소리 뒤에 고통에 찬 신음이 흘러나왔다.

"회, 회장님."

그때 누군가의 경악에 찬 목소리가 터졌다.

"홍 차장검사?"

엘리베이터에서 몇 걸음 떨어진 곳에 박현이 서 있었다.

그런 그의 손에 반쯤 무릎을 꿇고 수갑을 찬 민경욱 회장이 마치 짐짝처럼 잡혀 있었다.

"……."

상상조차 하지 못한 장면에 홍재근 차장검사도 순간 멍하니 그 모습을 쳐다볼 뿐이었다.

박현은 민경욱 회장을 질질 끌며 다시 걸음을 내디뎠다.

"회, 회장님! 뭣들 해! 어서 회장님을 구하지 않고!"

그 말에 경비원들이 우르르 박현에게로 몰려갔다.

"어허! 이거 공무집행 방해여야."

"이들이 뭔 죄가 있겠냐? 그냥 조용히 재워."

서기원과 조완희가 경비들 사이로 뛰어들었다.

퍼버버벅!

서기원과 조완희가 마치 활극 영화의 주인공처럼 주먹을 내지르자, 경비원들은 저항조차 하지 못하고 바닥으로 나뒹굴었다.

박현은 쓰러진 경비들을 지나쳐 홍재근 차장검사 앞에 섰다.

"맞네. 홍재근 차장검사."

박현은 그의 가슴에 달린 신분증을 확인했다.

"……박 팀장?"

풀썩!

박현은 씨익 웃으며 민경욱 회장을 그의 앞으로 집어던졌다.

"그럼 약속대로 인계했습니다."

"아, 아니. 이게 무슨……. 아니 아무리 그래도 그룹 총수를……."

홍재근 차장검사를 따라온 부장검사는 봉두난발을 한 민경욱 회장의 몰골을 보며 황망함을 감추지 못했다.

"다행히 눈에 띄는 상처는 없습니다."

수사관의 말에 안도의 한숨을 잠시 내쉬었다.

"그럼 수고해요."

박현은 홍재근 차장검사의 어깨를 툭 치며 지나갔다.

홍재근 차장검사는 박현을 따라 고개를 뒤로 돌렸다.

"이른 새벽부터 움직였더니 배고프다. 뭐 먹을까?"

"아싸! 오랜만에 빈대떡에 막걸리 어때야?"

"그놈의 빈대떡, 질리지도 않냐?"

"빈대떡이 어때서야! 빈대떡 무시해야?"

"빈대떡 말고 다른 거 먹자!"

"삼겹살이나 먹자."

"저도 삼겹살 좋아요."

"그럼 삼겹살로 결정이다."

"안 돼야! 안 돼야! 빈대떡과 막걸리!"

"잔말 말고 따라와!"

"우아악! 왜 귀를 잡아당기고 그래야! 이거 안 놔야? 놔야! 선화, 너도 그러는 게 아니어야. 으아악!"

왁자그르르, 홍재근 차장검사는 시끌벅적하게 로비를 벗어나는 박현과 그의 팀원들의 뒷모습을 잠시 멍하니 쳐다보았다.

"부르셨습니까?"

특별 수사팀, 팀장을 맡은 홍재근 차장검사는 문을 열고 안으로 들어오는 고천욱 검사를 보자 산더미처럼 쌓인 서류를 옆으로 밀며 기지개를 켰다.

"커피 한 잔 마실까?"

"제가 타겠습니다."

고천욱은 재빨리 간이 탕비실로 가 인스턴트 커피 2잔을 타왔다.

"뭐 하다 왔어?"

고천욱 검사는 커피를 후르륵 마시며 물었다.

"이 판사랑 노가리 좀 까다 왔습니다."

"영장?"

"예."

"법원 분위기는 어때?"

홍재근 차장검사는 고개를 끄덕이며 물었다.

"말도 마십시오. 살벌합니다."

약간은 과장된 표정과 몸짓.

검사와 판사가 동시에 납치된 초유의 사건이었다.

물론 그의 몸짓이 과장되기는 했지만, 법원 분위기는 과장되지 않았을 터. 검찰청 내에서도 은은한 분노가 느껴질 터인데, 법원이라고 다를 리 없었다.

"그걸 물으려고 부르진 않았을 거고, 무슨 일로 부르셨습니까?"

고천욱의 말에 홍재근 차장검사가 자세를 바꿔 앉았다.

"너랑 손발 맞추는 광수대."

"제3광수대 말입니까?"

"그래. 들도 보도 못한 그 광수대."

"갑자기 광수대는 왜……."

홍재근 차장검사는 국제그룹 본사 로비에서 본 박현을 떠올렸다.

"혹시 실수하신 건 아니죠?"

"실수?"

홍재근 차장검사는 질문을 정반대로 알아들었다.

"짧게 인계하는 데 실수가 있을 리가 있나? 그래도 좀 건방지기는 했지."

홍재근 차장검사는 피식 웃음을 삼켰다.

그 웃음에 고천욱 검사의 표정이 살짝 굳어졌다.

"차장님. 기자회견 나갈 시간입니다."

수사관이 다가왔다.

"벌써 시간이 그리 되었나?"

홍재근 차장검사는 벽에 걸린 시계를 올려다보았다.

"일단 옷부터 갈아입으시죠."

차장검사실 수사관은 깨끗하게 다림질된 양복과 셔츠를 내밀었다.

"고마워."

홍재근 차장검사는 양복을 받아들며 자리에서 일어났다.

"천욱아."

"예."

고천욱도 그를 따라 자리에서 일어났다.

"오늘 저녁에 안 대장 좀 보자고 전해."

"안필현 대장 말씀입니까?"

고천욱이 되묻자, 홍재근 차장검사는 그 자리에서 옷을 갈아입으며 고개를 끄덕였다.

"그리고 그 박 팀장도 오라고 하고."

느낌상 홍재근 차장검사가 보고 싶어 하는 이는 안필현이 아니라 박현이 분명했다.

"내가 가는 한정식집 알지?"

"용인 쪽으로 빠지는 길에 있는 그 집 말씀입니까?"

"어, 그래. 기억 좋네. 7시가 좋겠지?"

고천욱 검사는 넥타이를 맨 후 거울을 쳐다보았다.

"손발도 맞췄는데 식사는 한 끼 해야지. 앞으로 손발을 맞출 일도 있을 듯싶고."

말끔한 옷으로 갈아입은 고천욱 검사는 수사관이 건네는 양복 상의를 입고 말끔히 단추를 채웠다.

"어떠냐?"

홍재근 차장검사는 의미 없이 넥타이를 다시 고치며 물었다.

"잘 아울리십니다."

홍재근 차장검사는 고천욱을 지그시 쳐다보았다.

"너는 검사야. 내가 더 말 안 해도 알지?"

홍재근 차장검사는 알게 모르게 표정이 굳어 있는 고천욱을 지그시 바라보더니 그의 어깨를 힘을 줘 두들겼다.

"예."

홍재근 차장검사는 미소를 지으며 그의 어깨를 적당히 힘 있게 꾹 쥐었다.

"그리고 손 수사관이 사건 하나 줄 거야."

"……?"

"네가 차린 잔칫상에 숟가락을 들지 못해도, 잔치 음식은 나눠 먹어야지. 적당히 곁다리 사건 몇 개 묶었어. 손 수사관이 잘 포장해서 줄 거야."

"……감사합니다."

"감사는 무슨. 저녁에 너도 시간 비우고."

"저도 말입니까?"

"둘, 둘. 쪽수는 맞춰야지."

홍재근 차장검사는 씨익 웃으며 사무실을 나갔다.

"그럼 수고하십시오."

그가 나가고, 고천욱은 애써 굳은 표정을 지우며 어수선한 사무실을 나갔다.

*　　　*　　　*

"안녕하십니까, 이번 특별수사팀을 맡은 홍재근 검사입니다. 이번 사건은 우리 사회의 지도층이라 할 수 있는 그룹 총수의 어긋난 권력욕과 일그러진 도덕성에 기인한 사건이라 할 수 있습니다.

……..

본 사건의 피의자 국제그룹 민경욱 회장은 이십여 년 연쇄살인을 일으킨 범인을 은닉 보호했을 뿐만 아니라, 그를 이용해 수많은 살인을 청부하였습니다.

……..

뿐만 아니라 민경욱 회장은 이 사건을 엎기 위해 본청의 고천욱 검사와 영장을 검토하고 발부한 이준열 판사를 납치 및 살인을 지시하였습니다. 이상입니다."

홍재근 검사의 짧은 발언이 끝나자 카메라 플래시가 수 차례 터졌다.

"민 회장의 살인 청부가 확실합니까?"

"확실합니다."

"증거가 명확합니까?"

"명확합니다."

"하지만 상대가 국제그룹 총수입니다. 힘든 싸움이 될 거라 예상됩니다. 이는 어찌 생각하는지요."

"힘든 싸움이 되겠지만, 저희 검찰은 진실만을 향해 달 려나갈 것입니다."

기자들의 질문에 홍재근 차장검사는 자신에 찬 목소리로 대답했다.

"그런데, 검사님. 사실상 이 사건을 경기남부지방경찰 청 광역수사대에서 이끌었다는 이야기가 있는데 사실입니 까?"

홍재근 차장검사의 눈썹이 잠시 꿈틀거렸다.

"일부 사실입니다."

홍재근 차장검사가 순순히 인정하자 잠시 수근거림이 만 들어졌다.

"경기남부지방경찰청 미제사건 해결팀인 제3광역수사대

에서 미제장기 살인사건을 파헤쳤고, 그와 동시점에 본청의 고천욱 검사가 수상쩍은 살인사건을 인지, 각자 사건을 파헤쳐나가다 어느 지점에서 서로의 수사를 인지하였습니다."

홍재근 차장검사는 자신의 입으로 경찰을 띄워줘야 하는 상황이 되자 마음에 들지 않는 듯 미간이 슬쩍 좁아졌다.

하지만 어쩌겠는가.

그는 속마음을 감추며 별다른 표정 변화 없이 말을 이어갔다.

"본청과 경기남부경찰청은 힘 겨루기를 하지 않고 대승적인 차원에서 긴밀하게 협조를 하여 임시적인 데스크를 꾸려 이 사건을 집중적으로 파고들었습니다. 하여 경기남부지방경찰청의 공도 적지 않다 할 수 있습니다."

틱—

박현은 홍재근 차장검사의 기자회견이 나오는 티비를 껐다.

"그래도 순순히 우리의 공을 넣어주네."

안필현은 티비에서 시선을 떼며 말했다.

"잘 되겠지?"

"일단 지켜봐야죠."

"하긴 우리 손을 떠났으니 지켜보는 수밖에."

사건 자체가 검찰로 넘어갔으니 더 이상 뭘 할 수 있는 게 없었다.

"검찰도 바보가 아닌 이상에야 밥상 차려놓고 수저까지 쥐여 줬는데 못 먹을 리가."

그 말에 박현은 피식 웃음을 삼켰다.

"그건 그렇고, 청장님 어깨에 뽕 들어간 거 봤냐?"

"……?"

"하긴 너 앞에서는 안 그러겠지. 여튼 장난 아니다. 어깨에 힘 빡 들어갔지, 목소리 착 깔리지. 입술은 귀에 걸려서 내려올 생각을 안 한다."

막 잡담을 해나갈 때였다.

♪~♩♪~♩♫~

고천욱에게서 전화가 왔다.

"예."

《팀장님. 다름 아니라 차장검사께서 팀장님과 안 대장과 저녁식사를 하자고 하십니다.》

"저녁?"

《예.》

"저녁이라……."

《저……, 그런데 말입니다.》

시원하게 말을 내뱉지 못하는 걸 보면 뭔가 할 말이 있는 모양이었다.

"편히 말하세요."

《홍재근 차장검사는 전형적인 검사입니다.》

"전형적인 검사라."

《경찰은 검사 아래라 여기는 분이십니다.》

"엘리트 검사인 모양입니다."

《예. ……죄송합니다.》

고천욱이 머뭇 사과했다.

"고 검사가 죄송은 무슨."

《…….》

"고 검사."

《예.》

"잊은 모양인데, 나 박현입니다. 대통령도 고개를 숙여야 하는."

《아!》

"일단 보자 하니 봅시다."

《…….》

그리고 수화기 너머로 들려오는 얕은 고천욱 검사의 숨소리. 어딘가 모르게 불편하게 느껴졌다.

그도 그럴 수밖에.

자신의 모든 걸 맡긴 박현과, 자신을 이끌어 줄 선배 검사.

둘 사이에서 이러지도 못하고 저러지도 못하니 불편할 수밖에 없을 것이다.

"고 검사."

그 마음을 알아차린 박현은 묵직한 목소리로 그를 불렀다.

《말씀하십시오.》

"좀 껄끄러운 모양인데, 그냥 조용히 자리만 지키세요. 아직 본인을 모릅니까?"

《알겠습니다.》

대답하는 그의 목소리는 한결 가벼워졌다.

"뭐래?"

전화를 끊자 안필현이 물어왔다.

"차장검사가 오늘 저녁 먹자는데요."

"저녁?"

"검사 아닙니까? 경찰을 졸로 보는."

박현은 씨익 웃었지만 안필현의 표정은 그와 반대로 굳어졌다.

서로 독립된 기관이라고 해도, 법률상 경찰은 검찰의 지휘를 받을 수밖에 없는 구조였다. 그렇다 보니 검사가 대놓고 강짜를 부리면 어찌할 수 없었다.

"사수."

"어? 왜?"

"뭘 그렇게 걱정해요."

"……?"

"마음에 안 들면 들이박아 버리면 되죠."

박현이 말에 안필현도 '풋' 하고 웃음을 터트렸다.

*　　*　　*

부으응—

독일제 대형 세단이 수원 외곽 한적한 시골길에 자리한
식당 주차장으로 들어섰다.

차에서 내린 박현과 안필현은 현대 한옥으로 지어진 식
당으로 들어갔다.

"예약하셨, ……!"

현관에서 그를 맞이한 이는 깔끔한 정장 차림의 지배인
이었다. 그는 의례의식처럼 인사를 건네다가 박현을 보자
눈을 동그랗게 떴다.

"오랜만에 뵙겠습니다."

중년의 지배인은 박현을 향해 허리를 깊게 숙였다.

"여기였나?"

박현은 한식당 내부를 슬쩍 둘러본 후 다시 지배인을 쳐
다보았다.

"얼굴 보니 잘 지내는 것 같아."

"박현 님 덕분입니다."

"덕분은."

"이제라도 들러주셔서 감사합니다."

"가능하면 서로 안 마주치고 사는 게 좋아."

차가운 목소리에도 중년의 지배인은 오히려 미소를 지어

보였다.

"홍재근 검사로 예약되어 있을 거야."

"제가 모시겠습니다."

중년의 지배인은 박현과 안필현을 별관으로 안내했다.

"누님은 잘 지내시고?"

"예."

툭 던진 질문에 지배인의 얼굴이 살짝 붉어졌다.

"식은?"

"그냥 혼인신고만 했습니다."

그 말에 박현이 고개를 끄덕였다.

"여기가 동식이 관할인가?"

수원역을 중심으로 수원 번화가를 뒷골목을 꽉 쥔 조폭

회장이었다.

"예."

"동식이가 괴롭히지는 않고?"

"박현 님이 계시는데 감히 그러겠습니까?"

박현은 고개를 끄덕였다.

"사실 투자도 많이 해주셨고, 알게 모르게 뒤에서 많이 도와주고 있습니다."

박현의 걸음이 잠시 멈췄다.

"……죄송합니다."

하기야 말이 한식당이지, 분위기나 인테리어를 보면 어지간한 고급 요정보다도 좋아 보였다.

7년.

길다면 길지만 짧다면 짧을 수 있는 그 시간에 이 정도 규모로 키우는 데 그의 힘이 적잖게 쓰였을 것이다.

"다시 돌아간 건 아니지?"

"그건 아닙니다. 동식이 형님도 순수하게 투자만 했을 뿐입니다."

"그럼 됐어. 누님하고 자네가 어련히 잘 판단했을라고."

이 정도 식당을 유지하는데 뒷배도 필요한 법.

돈도 돈이지만 어느 정도 방패막이로 내세운 듯싶었다.

박현은 다시 걸음을 옮겼다.

"이쪽입니다."

지배인이 손수 여닫이문을 열었다.

방 안에는 홍재근 차장검사와 고천욱이 자리하고 있었다.

"오셨습니까?"

고천욱이 고개를 숙이며 인사했다.

그 모습에 홍재근은 의아해하면서도 마음에 안 드는지 이내 미간을 찌푸렸다.

그는 꼿꼿하게 허리를 세우며 손을 내밀었다.

"홍재근입니다."

"안필현입니다."

둘의 악수가 끝나고 홍재근의 손이 박현에게로 향했다.

"전에 봤지요?"

홍재근은 슬쩍 웃음을 지었고, 박현도 그 웃음에 맞춰 담담한 미소를 지으며 손을 잡았다.

'⋯⋯!'

홍재근은 은근히 손아귀에 힘을 주고 있었다.

박현은 그런 홍재근을 빤히 쳐다보며 미소를 더욱 진하게 만들었다.

"끅!"

그가 상상조차 할 수 없을 정도의 악력에 홍재근의 얼굴이 일그러졌다.

"반갑습니다."

박현은 짧게 손을 흔든 뒤 손을 놓았다.

손에서 느껴지는 고통이 상당했던지 홍재근은 박현을 은

근히 노려보며 손을 털었다.

"흠. 앉읍시다."

이 자리에 그들만 있는 것도 아니고, 지배인도 있어 홍재
근은 일단 얼굴을 풀며 자리에 앉았다.

"김 실장. 우리 식사 좀 내와요."

"······."

홍재근이 주문을 했지만 지배인에게서 대답은 들려오지
않았다.

"김 실장?"

안 그래도 기분이 좋지 않던 홍재근이었다. 자연스레 목
소리가 높아졌다.

그럼에도 지배인 김영조는 홍재근은 안중에도 넣지 않고
박현의 입만 주시하고 있었다.

"그래 서 있지 말고 주문한 거 내 와."

"예."

박현의 말에 김영조 지배인은 곧장 허리를 깊게 숙이며
대답했다.

"술은 어찌하시겠습니까?"

"술? 검사님 자주 드시는 거 있나?"

"술이라면 로얄 살루트 21년산을 자주 드십니다."

"좋은 거 드시네. 그거 갖다 줘."

둘의 대화에 홍재근의 얼굴이 서서히 붉어졌다.

쾅!

"지금 뭐하는 짓들이야!"

이내 주먹으로 탁자를 내려쳤다.

"김 실장. 너 이 새끼. 너 당장 여기 털어줄까? 어? 당장 마담 나오라고 그래!"

드르륵!

그때 문이 열리고 단아한 한복을 입은 여인이 안으로 들어왔다.

서른쯤 되었을까.

별다른 어려움 없이 컸을 것처럼 상당한 기품이 느껴졌다.

"이봐, 이 마담. 지금 내가 무슨 꼴을……."

그녀를 보자 홍재근이 노여움을 터트리는데.

"왜 이제 오셨습니까? 절 받으시지요."

마담이자 사장인 이영희가 박현에게 큰절을 올렸다.

"내가 이럴까 봐 안 온 거야."

박현은 목소리에 불편함을 담았다.

"이 새끼들이 지금!"

홍재근은 자리에서 벌떡 일어났다.

"미안합니다. 내 여기 두 분과 인연이 깊어 잠시 결례를 했군요. 다시 자리에 앉으시지요."

"뭐가 뭐? 이 새끼, 경찰 새끼가. 너랑 상 마주하니 나랑 동급으로 보는 거냐? 너 계급장 떼줘?"

홍재근의 말에 박현의 얼굴에서 담담한 미소가 사라졌다.

"이거 참."

박현은 손가락으로 탁자를 두들기며 홍재근을 올려다보았다.

"이러려고 온 게 아닌데."

박현은 마담 이영희를 쳐다보았다.

신뢰.

자신을 지그시 바라보는 이영희의 눈빛은 흔들림이 없었다.

"누님."

"말씀하세요."

"홍 검사. 여기 자주 드나드는 모양이죠."

"달에 두어 번 들립니다."

"뒷돈은?"

"몇 차례 받았습니다."

"액수는?"

"그때마다 틀리지만 대략 오천만 원에서 일억 원 정도입니다."

"증거는?"

"모두 가지고 있습니다."

"괜찮겠어?"

"어차피 박현 님이 주신 새 삶입니다."

"그럼 뿌릴 수 있어?"

"4대 일간지 편집장들이 단골 고객분들입니다. 원하시면
내일 조간신문 1면에 실을 수 있습니다."

박현은 고개를 돌려 홍재근 검사를 다시 올려다보았다.

"뿌릴까? 말까?"

"……!"

순간 홍재근의 눈빛이 흔들렸다.

"그러니까 좋은 말 할 때 앉아."

박현의 눈빛은 차가웠다.

그리고 은은한 살기가 피어나 그의 몸을 휘감으며 집어
삼켰다.

"너……."

"앉아!"

박현이 소리를 버럭 지르자, 압도적인 기세와 기운에 눌
린 홍재근은 화들짝 자리에 주저앉았다.

*　　　*　　　*

쏴아아아!

마치 북극에라도 있는 것처럼 방 안은 지독한 냉기가 흘렀다.

그 냉기는 바로 살기였다.

다닥— 다닥—

홍재근 차장검사는 몸을 옥죄는 살기에 턱을 잘게 부딪쳤다.

박현은 그런 홍재근을 지그시 바라보며 입을 뗐다.

"누님, 회포는 좀 미루자. 김 실장도 잠시 자리 좀 비켜주고."

"예."

"옙!"

이 마담, 이영희가 곱게 자리에서 일어나 방 밖으로 나가자, 김 실장은 조용히 문을 닫았다.

"고 검사."

"예, 예?"

"그대도 자리 좀 비켜줘."

살기에 휘말린 건 비단 홍재근뿐만이 아니었다.

옆에 자리하고 있던 고천욱도 살기에서 자유롭지 못했다.

"아, 알겠습니다."

고천욱 검사는 숨이 턱턱 막히고, 몸살에라도 걸린 듯 온몸이 달달 떨리는지라 이것저것 뒷일은 생각지도 못하고, 일단 살고 봐야겠다는 생각에 재빨리 자리에서 일어났다.

"나, 나도 자리를 비켜주는 게 좋겠지??"

박현 곁에 자리하고 있던 안필현의 안색도 핏기가 하나 보이지 않을 정도로 새하얬다.

"미안합니다, 사수."

박현은 고개도 돌리지 않고 대답했다.

"미안은 무슨."

조금은 허둥지둥 안필현은 고 검사 뒤를 따라 방을 나갔다.

탁!

그리고 다시 문이 닫혔다.

"너, 너 정체가 뭐, 뭐야?"

홍재근이 그래도 검사라고 이를 악물며 물었다.

박현은 그런 그를 보며 살기의 강도를 높였다.

"끄으!"

살기가 더욱 짙어지자 홍재근의 눈에 핏발이 들어서며 눈에 띌 정도로 몸을 바들바들 떨었다.

"홍 검사."

"끄으윽."

"세상 사는 거 참 쉽죠?"

박현은 편하게 등받이에 몸을 기대며 물었다.

"껙, 껙."

홍재근은 뭐라 대답을 하려 했지만 살기에 잡아먹힌 터라 신음만 겨우 쥐어짜낼 뿐이었다.

박현은 그만하면 되었다 싶어 살기를 누그러트렸다.

"푸후―."

홍재근은 침이 튀어나가는 것도 모를 정도로 격하게 숨을 내쉬었다.

"……흡, 후―. 너 누구야?"

넥타이를 찢듯 풀어헤친 홍재근은 몇 차례 숨을 내쉬며 목소리를 쥐어짜내듯 물었다.

톡!

박현은 그런 홍재근을 지그시 바라보며 손가락으로 넓은 식탁을 두들겼다.

쿵!

그 두들김에 맞춰 다시 살기가 기지개를 켰다.

톡― 톡― 톡―

천천히, 느릿하게 손가락을 탁자를 두들겼고.

쿵! 쿵! 쿵!

살기도 그 박자에 맞춰 점진적으로 짙어졌다.

"흐흡! 꺼억! 후우—, 큽!"

톡— 톡— 톡—

박현이 마냥 살기를 점진적으로 짙게 만들지 않았다.

마치 롤러코스터에 태우듯 변칙적으로 살기를 끌어올렸다가 풀었다가를 반복했다.

그러자 홍재근의 얼굴은 창백하다 못해 새파랗게 변하고 있었다.

그도 그럴 수밖에.

버티느냐 못 버티냐를 떠나 살기가 점진적으로 짙어진다면 그에 순응하면 된다. 하지만 살기의 농도가 급등하거나 급락하는 것은 다르다.

익숙해지지 않으니 순응을 할 수 없게 된다.

앞으로 살기가 짙어질지 옅어질지 모르니 몸은 둘째치고 정신이 받는 스트레스는 가히 상상 이상이었다.

거기에 홍재근은 이런 유형의 살기를 한 번도 받아보지 못한 일반인이 아니던가.

결국 시간이 흐르며 그의 눈이 뒤집히기 직전까지 가자 박현은 이만하면 되었다 싶어 살기를 거둬들였다.

"헉헉, 헉헉헉!"

홍재근은 거친 숨을 몰아쉬었다.

"홍 검사."

박현은 그런 그를 다시 불렀다.

그는 눈에 띄게 움찔거리며 박현을 쳐다보았다.

불안한 듯 그의 눈동자는 마구 떨리고 있었다.

박현이 지그시 쳐다보자 결국 시선을 마주하지 못하고 옆으로 피했다.

"홍 검사."

"예? 예."

홍재근은 움찔거리며 대답했다.

멍한 목소리도 목소리였지만, 연신 불안하게 흔들리는 눈동자를 보자 오늘 대화하기에는 글렀다 싶었다.

버릇 고친다고 대뜸 살기를 일으켰는데 그게 과했나 보다.

속으로 한숨을 깊게 쉬었다.

"며칠 있다 봅시다. 가세요."

"……."

그 말이 떨어지기가 무섭게 홍재근은 자리에서 벌떡 일어났다.

우당탕탕탕—

하지만 다리가 풀린 탓인지 이내 바닥으로 나뒹굴었다.

홍재근은 두어 번 바닥에 엉덩방아를 찧은 후에야 허겁

지겁 밖으로 나갈 수 있었다.

박현은 그런 그를 무심히 쳐다보며 미간을 찌푸렸다.

요 며칠 급박하게 피의자들을 수사하고, 잡아들인다고 자신도 모르게 거칠어졌나 보다.

'적당히 했어야 했는데. 쯧.'

그렇다 보니 평범한 일반인을 상대로 너무 과하게 대응을 해버린 것이었다.

앞으로 손속에 여유를 좀 둬야겠다 싶었다.

"고 검사."

"예."

박현은 밖에서 이러지도 못하고, 저러지도 못하며 그저 눈으로 홍재근의 뒤를 쫓은 고천욱을 불렀다.

"가서 돌봐줘. 정신 차리면 연락하라고 하고."

"예."

고천욱은 허리를 깊게 숙인 후 홍재근을 뒤를 쫓아 서둘러 뛰어나갔다.

"상대를 가차 없이 짓누르는 건 여전하십니다."

고천욱이 사라진 자리에 어느새 이영희가 서 있었다.

물론 그의 뒤에 김 실장도 서 있었다.

"들어오세요."

"저녁은 어찌할까요?"

김 실장.

"됐어. 나도 입맛이 그다지."

박현이 쳐다보자 안필현이 고개를 저었다.

"집에 가서 라면이나 끓여 먹고 자야겠다. 그리고……."

박현은 이영희와 김 실장을 쳐다보았다.

"보니까 오래 전 인연인 거 같은데."

그 말에 이영희가 부드럽게 미소를 지으며 고개를 끄덕였다.

"편히 대화들 나누세요. 나 간다."

"직원을 시켜 모시겠습니다."

김 실장이 뒤돌아서는 안필현을 따라 걸음을 내디디며 무전기로 직원 하나를 불렀다.

그러는 사이 마담 이영희는 조용히 방 안으로 들어와 박현 앞에 다소곳하게 앉았다.

"여기가 요정도 아니고, 웬 마담?"

"손님들이 사장이라는 말보다 마담이라는 호칭을 더 좋아해서 그냥 마담이라 부르고 있어요."

이영희의 말에 박현은 고개를 끄덕였다.

잠시 후, 김 실장도 안으로 들어왔다.

박현은 이영희 곁에 자리를 잡는 김 실장을 쳐다보았다.

사실 김 실장에 대해 아는 것은 거의 없었다.

과거 인연에서는 그의 성은 '김'이 아니라 '최'였다.

자연스레 시선이 왼쪽 가슴에 달린 명찰로 향했다.

김기성.

"이제야 김 실장의 이름을 알게 되는군. 설마 가명은 아니겠지?"

"아닙니다. 본명입니다."

가벼운 농에 김 실장, 김기성은 어색한 웃음을 지으며 명찰을 가볍게 쓰다듬었다.

"김 실장도 나이를 많이 먹었어."

눈가에 옅은 주름이 보였다.

정확한 나이는 모르지만 얼핏 마흔 안팎일 것이다.

그 때문일까.

아니면 미래가 없던 삶에서 빠져나와 사랑하는 이와 오붓하게 살아서 그럴까, 예전의 시퍼런 칼날 같던 독기는 이제 보이지 않았다.

"보기 좋아서 그런 거야."

그 말에 쑥스럽게 얼굴을 쓰다듬는 김기성 실장을 보며 박현이 말을 덧붙였다.

"그래도 둘 잘 사는 거 같아 좋다."

"그런 분이 어찌 연락 한 번 안 하셨는지요. 너무하셨습니다."

"해서 뭐 좋을 거 있다고."

그 말에 이영희는 눈을 흘겼다.

"내 목숨도 부지하기 어려운데 연락해서 뭐해. 그리고 힘겹게 탈출했는데, 날 봐서 뭐 그리 좋은 기억을 떠올리겠다고. 안 그래?"

둘을 보니 바로 엊그제 이야기 같은데.

짐승처럼 오로지 살아남기 위해 살아간 날들.

웃음보다는 슬픔이 더 많았던 날들.

이름을 지우고, 얼굴을 지우고, 암호라는 가면 아래에서 살았던 날들.

돌이켜보면 벌써 까마득한 옛날 일이었다.

"시궁창에서도 꽃은 핀다고. 좋은 기억도 있었어요."

"피어봐야 시궁창이지."

"그때는 그랬지만, 일청파 정리하고 나서는 아니었잖아요."

"그래도 안 보는 게 좋은 인연도 있는 법이야."

"인연은 다시 만나는 것이라고 했어요. 지금처럼."

박현을 지그시 바라보는 이영희의 눈빛에 슬픔이 묻어났다.

"혹시……, 연화 때문인가요?"

두 글자.

그 이름이 나오자 박현의 얼굴이 순식간에 굳어졌다.

"죄송합니다."

일그러진 얼굴 속에 스며든 슬픔을 보자 이영희는 얼른 사과했다.

"아니야. 이미 가슴에 묻은 이름이야."

박현은 언제 그랬냐는 듯 표정을 지웠다.

"술 한 잔 할래요? 오랜만에."

이영희가 애써 밝은 미소를 띠며 물었다.

"과일 안주에 먹다 남은 양주?"

"호호호호!"

박현의 말에 이영희는 크게 웃음을 터트렸다.

손님상에 올라갔지만 거의 손도 안 댄 과일에, 먹다 남긴 비싼 양주.

그 당시 그게 그들의 술이요, 안주였다.

"라면도 부탁해, 누님."

그리고 라면.

"직접 끓여 줄 거지? 아니 이제 사장이라고 안 끓여주려나?"

박현도 그때의 추억을 떠올리며 분위기를 가볍게 만들었다.

이영희는 다소곳한 몸놀림으로 자리에서 일어나 방을 나갔다.

＊　　　＊　　　＊

끼익—

어둑한 사무실로 돌아온 박현은 자신의 책상으로 다가가 자리에 털썩 주저앉았다.

"후우—."

길게 내쉬는 숨결에 짙은 주향이 느껴졌다.

제법 많이 마셨다.

박현은 오늘 이영희와 김기성과 함께 과거를 회상하며 웃었고, 때로는 눈물도 보였다.

하지만 누구도 그 추억에 누구도 연화의 이름을 담지 않았다.

연화.

어머니이자, 누나였고, 첫사랑이었던.

품이 따스했던 여인.

박현은 책상 서랍을 열었다.

그리고 깊숙이 묻어둔 얇은 서류철을 꺼내들었다.

그 서류철은 사건일지였다.

사건명은 장항동 아녀자 납치 및 살인 사건.

엄청나게 큰 사건치고 대중들에게 그다지 알려지지 않았다.

왜냐하면 실종된 여인들 중 다수가 화류계 여인들이었기 때문이었다.

그 여인들 중 한 명이 바로.

연화였다.

그리고 그녀를 잃어버렸었다.

어딘가도 아닌 바로 눈앞에서.

자신의 눈앞에서.

처참하게 죽었다.

자신을 살리기 위해, 그녀가 대신 죽었었다.

그게 자신이 경찰이 된 이유 중 하나였다.

연화를 죽인 놈을 찾기 위해서.

그리고 그녀의 복수를 하기 위해서.

검은 눈동자에 담긴 푸른 안광.

그리고 목으로 올라온 뱀 문신.

인간 같지 않은 몸놀림.

당시 마약인지 모를 약에 취해 착각이 아닌가 싶었지만, 지금 돌이켜보면 그건 착각이 아니었다.

'이면.'

분명 이면의 놈들이었다.

언젠가 잡는다!

박현은 끓어오르는 살기를 애써 삭히며 파일철을 다시 서랍 안에 넣었다.

　"후우—."

　길게 숨을 내쉬는 박현의 눈동자는 어느 때보다 살기가 짙었다.

〈다음 권에 계속〉